希区柯克 悬念故事集

〔美〕阿尔弗雷德·希区柯克/著 焦 亮/编译

华龄出版社
HUALING PRESS

责任编辑：薛　治
责任印制：李未圻
封面设计：颜　森

图书在版编目（CIP）数据

希区柯克悬念故事集 /（美）阿尔弗雷德·希区柯克著；焦亮编译. -- 北京：华龄出版社，2017.4
ISBN 978-7-5169-0965-2

Ⅰ. ①希… Ⅱ. ①阿… ②焦… Ⅲ. ①故事 – 作品集 – 美国 – 现代 Ⅳ. ①I712.45

中国版本图书馆CIP数据核字（2017）第077020号

书　　名：希区柯克悬念故事集
作　　者：［美］阿尔弗雷德·希区柯克著　焦亮编译

出 版 人：胡福君
出版发行：华龄出版社
地　　址：北京市东城区安定门外大街甲57号　邮编：100011
电　　话：58122246　传真：58122264
网　　址：http://www.hualingpress.com

印　　刷：三河市龙大印装有限公司
版　　次：2018年12月第1版　2018年12月第1次印刷
开　　本：880 × 1230　1/32　印　　张：7
字　　数：157千字
定　　价：32.00元

（如出现印装质量问题，调换联系电话：010-82865588）

前　言

虽然好莱坞大片横扫全球，大明星和大导演数不胜数，但如果要说在中国能够真正做到家喻户晓的好莱坞导演，细算起来却屈指可数，斯皮尔伯格算一个，希区柯克也算一个。

在大多数中国观众心目中，希区柯克似乎并不遥远，他拍的很多电影现在仍然在视频网站中被一遍又一遍地播放。可是，如果你去网上查一下资料，就会吃惊地发现，他其实出生于1899年，并且已经去世多年了。在他出生的前一年，中国发生了号称“百日维新”的戊戌变法。

我们对于那些穿越历史的人物通常缺乏细节认知，总是喜欢给他们贴上一个或几个标签。比如鲁迅，也许你压根没有认真读过他几篇文章，却不妨碍你知道他的杂文“是投枪，是匕首”。希区柯克作为一个电影艺术大师，他身上自然也有一些标签，其中最被广泛认可的便是“惊悚悬疑大师”。

希区柯克的全名为阿尔弗雷德·希区柯克，他出生于英国，21岁以字幕设计员的身份进入电影界，23岁执导个人首部电影《第十三号》，30岁执导的惊悚片《讹诈》成为英国首部有声电影，39岁凭借爱情悬疑片《失踪的女人》获得纽约影评人协会最佳导演奖。在英国拍摄了大批默片和有声片之后，希区柯克前往好莱坞谋求发展。1940年执导的悬疑片《蝴蝶梦》奠定了其在好莱坞的地位，获得第13届奥斯卡最佳影片奖。1960年执导的《惊魂记》，标志着心理惊悚片成为恐怖电影的一个亚类型。

之后，他又拍了《群鸟》《狂凶记》《家庭阴谋》等多部作品。1980 年 4 月 29 日，他在美国洛杉矶逝世。

2007 年，希区柯克被英国电影杂志《Total Film》选为“史上百位伟大导演第一位”。在他长达 60 年的电影艺术生涯里，总共执导了 50 多部优秀影片，并执导过《希区柯克剧场》等数百集电视剧。此外，他还参与了大量剧本和小说的创作，成就了一系列希区柯克式悬疑经典。

对很多人来说，擅长在银幕上“惊吓”观众的希区柯克俨然就是悬疑惊悚的代名词、不折不扣的悬念大师。大导演斯皮尔伯格曾对他有过这样的评价：“在悬念片和恐怖片领域里，希区柯克是当之无愧的开拓者，他的影片就好比一本没有理论的电影教科书被传诵至今，成为心理恐怖影片的典范。”

对于悬念，希区柯克曾下过一个著名的定义：如果一群人围着一张桌子玩牌，然后突然一声爆炸，那么你便只能拍到一个十分呆板的炸后一惊的场面。反之，虽然也是表现同一个场面，但是在打牌开始之前，先表现桌子下面嘀嘀数秒的定时炸弹，那么你就造成了悬念，并能牵动观众的心。

除了悬念迭出，希区柯克的作品显示出来的深刻内涵同样值得称道。他对人性和人类的心理世界有着深刻的了解和体悟，并在作品中时常去探索和表现人类行为中那些奇怪的侧面。因此，他又被称为“电影界的弗洛伊德”。在他的世界里，生活永远不平庸、不宁静。他所讲述的故事，是生与死、罪与罚、理性与疯狂、纯真与诱惑、压制与抗争的矛盾统一体，是一首首直指阴暗人心的诗。

读希区柯克，既像在做一道道高难度的智力题，又像在经历一次次灵魂的拷问。希区柯克的作品构架非常巧妙，前后联系相当紧密，有一种令人称奇的结构美，大致可以归纳为：日常可见的生活场景、穿插其中的黑色幽默、曲折离奇的发展经过、令人意外的奇妙结尾。这种构架被后人称为“希区柯克模式”。

对于希区柯克的作家身份，有人曾经提出过疑问，认为欧美那些以希区柯克的名义出版的小说集只不过是他“主编”的。事实上，这并不重要。这些作品之所以能够在全世界流行，并非只是因为被贴上了“希区柯克”的标签，而是因为它们符合“希区柯克模式”，并且本身足够精彩。可以说，一个作品在被创作出来之后，便与作者本人没有太大关系，它的生命力取决于本身的品质。本书所选的故事，不仅深得希区柯克式悬疑的精髓，而且故事类型极其丰富，包含警匪交锋、机智推理、连环设局、情爱阴谋、复仇计划等多种主题，再加上曲折离奇的情节、丝丝入扣的描述，读来定会让人拍案叫绝。

你还在等什么，快来开启一场惊险的悬疑之旅吧！

目　录

刀口脱险

当我们抵达路卡的时候，时间已经快进入后半夜了。滂沱的大雨不停地倾泻着，在卡车明亮的车前灯的照射下，泛出玻璃纸一般的耀眼光亮。

警察设置的路卡距离弯道大约50码，除非绕过这个弯道，否则人们根本不可能从远处发现它。路卡处停着4辆警车，其中的2辆朝北停成一个V字形，车头对着我们，剩下的2辆也呈V字形，但车头朝着南方。4辆警车的车灯开得很足，在漆黑的夜里，活像4盏高度数的探照灯。而警车的中央摆放着一个巨大的临时路障，上面一闪一闪的红灯提示过往的车辆需要停车接受检查。

我轻轻地踩了一脚刹车，车速随即慢了下来，在我身后的那个孩子从座位后面探过身子，手握一把猎刀，恶狠狠地顶着我的肋骨，放低声音说："你给我听好了，待会儿你要是敢胡说八道，我就宰了你！他们的确能抓住我，但我一定会在那之前捅死你！"

我扭过头，用眼角的余光瞥了他一眼，尽管路卡周边的灯光非常昏暗，但我仍然能够清楚地看见他那胡子拉碴而苍白的脸。事实上他并不是一个孩子，尽管看起来很像。他身材高大，却有着消瘦的体型，由于下雨，一小撮头发贴在他前额上。他穿着一件皮夹克，一条粗布斜纹裤子，外加一双高筒皮靴，裤腿和靴面上都沾满了泥浆，仿佛是从某辆车上跳下来的。

15 分钟之前，我还行驶在距这里大约 4 英里的 BC 镇。由于大雨连着下了三天三夜，路况变得非常糟糕，特别是有一段长约 300 码的路段，积水深达两三英尺。因此，我不得不放慢车速，缓缓通过。突然，卡车副驾一侧的车门被猛地拉开，那个孩子跳上座位，右手握着猎刀，并将刀架在了我的脖子上，让我不许声张，老老实实地开车。当然，除此，我也别无选择。我以 40 公里的时速缓缓驶过这段积水区，同时心里一直在琢磨，这个孩子为什么要劫持我呢？他犯了什么罪吗？他从哪里来的？不过，由于他眼中流露出的异样神情，我也没敢过多地打量他，生怕惹怒了他之后，他用猎刀捅我。

我把车停在了路卡边，距离警车大概有 10 码的距离，车的右边有一小片空地，足够让我在接受检查之后倒车。不过，那里站着一名身穿黑色雨衣的警察，他双手插在雨衣中。他的手中是不是揣着枪呢？我心中不免开始紧张，连呼吸都变得困难起来。

一辆警车打开了前门，下来两个衣着相同的警察。他们朝我驾驶的卡车走来，其中的一个走到车灯光线之外，站在暗中看着我们，另一个圆脸警察则拿着手电，走到了我的车窗前。我把车窗玻璃摇了下来，他打开手电，朝车内探照。我则在灯光下眯起眼睛，装出一副非常困惑的样子。

“警官，发生什么事情了？”我内心非常紧张，声音明显有些不自然。

“你们要去哪儿？”他非常严肃地询问。

“去桑诺。”我立即回答。

“这大半夜的，去那儿干吗？”

“哦，我去接我太太，她坐半夜的火车回来的。上周她妈妈病了，她回家照顾妈妈去了。”

警官点点头，继续问：“你叫什么名字？”

“麦克。”

“拿你的驾照给我看看。”

我立即从屁股口袋里拿出皮夹，把驾照出示给他看。他用手电照了照，点了点头，随即又照了照我身后的孩子。那孩子显得更紧张，他抿着嘴，把刀藏在右腿和车门之间的地方，那里是警察的视线盲区，警察不可能看得到。

警察随即又问：“这是谁？”

“哦，这是我的侄子杰瑞。”我赶紧回答。

“他也住在格兰吉路吗？”

“是的，他和我们住在一起。”

“格兰吉是在 BC 镇的郊区吧？”

“嗯，没错。”

“你们今晚出发之后，有没有碰到什么可疑的人？”

“什么可疑的人呢？”我赶紧追问道。

“就是大半夜路上有没有闲逛的人，或者是找你搭便车的人？”

我深吸了一口气，然后对他说：“没看见。”此时，有一个念头一直在我的脑海中浮现，但每每想到这个念头，我就直冒冷汗。尽管如此，我仍旧决定冒险一试，毕竟那孩子手中的猎刀让我内心无法安定。

我的左手原本放在我的肚皮上，我开始努力地让它向车门的把手靠近，为了不让那孩子发觉，我每次只挪动 1 寸的距离。我平复了一下紧张的心情，然后故作镇定地向警察询问：“这黑灯瞎火的大雨天还设置路卡，是发生什么事情了吗？”

“大约在 3 个小时以前，BC 镇发生了一起抢劫案，一位来自芝加哥的钻石推销员被打劫了，他身上带着价值 20000 元以上的钻石。那个劫匪应该非常了解这个推销员的行程，很有可能在芝加哥就已经盯上了他。”

“哦，那你们知道这个劫匪是谁吗？”

“暂时还不知道，”警察顿了顿，接着说，“不过我们知道，这个劫匪是个男的，他独自一人行动。当时，推销员租住在一家旅社里，他的车就停在旅社的后面。随后，劫匪用一根灌了铅的棍子打晕了那名推销员，并抢走了他的车。可是，这劫匪的技术不到家，推销员很快就醒了，并且大声地呼救。当时旅社的几名经理和住客赶了过来，由于劫匪是从后门溜走的，没有人能看清他的脸，包括推销员本人。”

我一边听着警察的叙述，一边努力地够着门的把手，终于，我的小指碰到门把手了。我还需要更多的时间，因此我得让警察继续跟我说话：“嗯，听起来挺惊险的，不过劫匪既然开的是偷来的车，那为什么你们要盘查我们这种普通车辆呢？”

“他早就丢下那辆车了，”警察说，“他离开旅社 20 分钟之后，我们就在一片小树林中找到了那辆车。不过那周围荒无人烟，他必然要徒步很长一段路才能走出来。不过我们怀疑，他会偷另外的车，或借着搭顺风车的机会抢劫别的车。”

“天哪，那太糟糕了。”我轻轻地呼出一口气，不过因为紧张，我感觉我脸上的肌肉已经绷得紧紧的了。此时，我整个左手都握在车门的把手上，只需要用力向下一按，我就能打开车门。但是，我内心非常惶恐，虽然我不知道那孩子手中的猎刀有多么锋利，但我知道，在我和警察聊天的过程中，他一直死死地盯着我。

“叔叔，我们该出发了，”那孩子突然开口说话了，言辞不多，但能感到他的内心此刻也是诚惶诚恐，“我的意思是，如果警察先生允许我们通过的话，我们要赶快去接婶婶……”

他说话的时候，视线从我的身上转移到警察身上，他想知道，警察在听他说话的时候是怎样的反应。但对我来说，这个空当是多么宝贵啊！我没等他说完，立即向下用力按下门把，倾尽我全身的力量，猛地向外滚去。在这个过程中，我甚至撞倒了那个警察。最后，我的左肩率先触到了地面，并顺势在地上打了好几个滚，发疯似的对警察喊道：“就是他！他就是你们要找的那个人！他手里有刀！他上了我的车！就是他！”

我滚到路基的下面，终于停了下来。我回过头看着卡车，那个小孩也正打算从车门跳下，手里还拿着猎刀。圆脸警察躺在地上，一手开着手电，另一只手则从雨衣里拔枪。紧接着，警车的车门猛地打开，漆黑的夜空里又多了两道手电光束，几个人在大雨中奔跑着，喊叫着。

那个孩子从车上跳了下来，在卡车旁边恶狠狠地向四周张望，并且不停地挥舞着手里的猎刀。圆脸的警察朝他开了两枪，另外一个警察补了一枪，终于，那孩子纹丝不动地倒在了地上。

我如释重负地吐了一口气，缓缓地从路基下方爬起来。此时，警察们都围在那孩子的身边，低头检查着什么。我也走了过去，站在那个圆脸警察的身边。“我在BC镇的积水路段慢速行驶时，他拉开了车门，冲上车，拿刀架在我的脖子上，并且不许我声张，眼睛里还流露出奇怪的眼神。”我以一种极度颤抖的声音说完了这番话。

圆脸警察看着我，然后用一只手拍了拍我的肩膀，虽然表情严肃，却不住地点头，“麦克先生，你刚才的表现非常勇敢，要知道，他刚刚能很轻易地杀死你。”紧接着，圆脸警察对他的搭档说：“吉尔，去卡车上检查一下。”并问我：“他跳上车的时候，随身带了什么东西吗？”

我回答：“没有。”

那个叫吉尔的警察用手电在我的车上找了一大圈，然后摇摇头回来了。圆脸警察紧接着问我：“你还记得他是在什么地方劫持你的吗？”

“当然，我记得很清楚。”我肯定地说，并且把具体的位置告诉了他们。

圆脸警察与他的同事合计了一下，然后说：“他一定把钻石藏在某个地方了，等雨小一点之后，我们就去那里搜查一下。”

随即，他们从警车上取出一条毛毯，盖在那个孩子身上，然后告知 BC 镇的警局，钻石劫匪已被抓获，并且要求顺带派出一辆救护车。随即，我也上了巡逻车，录了一份口供，并在口供上签了字。等相关的手续完成后，我询问那个圆脸警察：“警察先生，我现在可以去桑诺了吗？我想我的太太应该等急了。”

“没问题，”警察对我点了点头，“如果有需要，我们会再与你联系。”

经过短暂的道别，我重新回到卡车里。我慢慢地转过路卡，驶入茫茫的夜色之中。我急促地呼吸，一直到驶出五六公里之后，才慢慢地平缓下来。

简直难以置信，我居然这么轻松地就逃脱了！

首先，我不得不说，我确实对那个推销员下手不够狠，他居然那么快就醒了，还发出了尖叫声；另外，那辆该死的破车居然半路抛锚了，导致我不得不半路弃车而逃；然后，我到了一家农舍，绑了那个真正叫麦克的人，抢走了他的皮夹和卡车，并且吸取前面的教训，我堵住了他的嘴，谁想到半路却杀出了那个蠢货。

反正，我不知道他是怎么想的，不过这对我来说已经构不成影响了。但是有一点我非常确信，他早晚要杀我，所以我才会借刀杀了他。路卡边，就是最好的冒险之地。

至于那价值20000元的钻石，我用手摸了摸我的腰间，它们还在那里。

猩猩的悲剧

月光照下来，落在野生生物学家斯葛瑞博那微秃的头顶上，他略显发福的身体懒懒地陷在躺椅里。他的视线转向黑漆漆的丛林，但他的耳朵在关注着周围的一举一动。小路像带子一样延伸到了丛林里，丛林旁边是一片茂盛的草地。沿着小路安置着一排栅栏，表明这是人类的领地。

我问："有什么事吗？"

斯葛瑞博轻声回答道："没什么。"

他双眉紧皱，眼睛眯成了一条缝。他虽然还在躺椅里，但身上的肌肉已绷得紧紧的，浑身上下都显出了紧张。他忽然从躺椅中跳了起来，躺椅不停地摇晃着。一道黑线正穿过白色的小路，他像猫一样敏捷地扑了过去。

他抓住了那条黑线的头，步履蹒跚地走向栅栏门："这已经是它第二次逃走了，该死的赤练蛇。"

没过多久，他又走了回来，"嘎吱"一声陷进躺椅里。

我心生好奇，"那条赤练蛇还没过小路你就发现它了吗？"

生物学家回答道："当然没有。我只是觉得有些不太对劲。说来也很简单，赤练蛇逃走的时候，周围一瞬间就沉寂了，许多本不该沉寂的声音同时消失了。现在，你再仔细听听。"

一阵奇异的嗡嗡声从兽室内传来，有着很神秘的节奏，好像四处的丛林都在倾听。长臂猿的哈欠声，灵猫的呼噜……这是生物学家所圈养的动物发出的。

生物学家喃喃自语："刚才它们都安静了下来，现在好多了。"

"但是周围那么黑，那条赤练蛇也没有发出声响，刚才它们是怎么知道它逃跑的呢？"我问。

我知道自己的问题在他看来一定非常幼稚，因为他笑了，而且是一种成人对孩子的笑容。

"怎么知道的？"他重复了一下我的问题，然后说，"朋友，黑暗对习惯夜行的生物来说根本构不成妨碍。它们身上的每处皮肤都是眼睛，每个毛孔和细胞都在向它们传递外界的信息，这是它们必须具备的能力。长臂猿可以本能地从自己血液的流动中感觉到这一点。它轻轻地呼唤，消息就在笼子中一点点传开。黑猴最聪明，它叫声的变化也最微妙。我察觉到了它们声音的变化，就意识到一定发生了什么。当时我正在回味年轻时的一场橄榄球比赛，但我很快就清醒过来了。赤练蛇可能爬到任何地方去，我要是不听它们的动静，就很难对它的方位做出判断。"

我对这位生物学家的敬意油然而生，但心中的疑问依然没有消失。我回头看了看那一排排兽室，心中总是难以释然。周围就是丛林，风轻轻地摇动着枝叶，花草树木不停地摇摆，野兽的吼叫，爬虫的嘶鸣，昆虫的鸣叫，或远或近，此起彼伏。我不由得心中一颤。虽然我畏惧丛林里的危险，但我知道那里才是它们的自由世界。

我试探着问："但是，这样的做法是否有些残忍呢？"

生物学家笑了笑，而我默默不语地等着他的回答。

他不慌不忙地说道："这并不残忍。"他指了指那黑黝黝的丛林，"你看丛林里，所有动物都得为了生存而互相捕食。那里非常危险，而动物在我这里关养着既安全又不用为食物发愁。那些老幼病残的动物很难在丛林中生存下去。刚才，在赤练蛇逃出笼子时你不是也听到那些动物是多么惊恐了吗？那个黑猴最为害怕，因为它刚生下了一只小猴。我到这里5年了，却像是待了50年一样。上次，在爱丁堡的动物园里，我还见到了一只自己在5年前捕获的灰尾猴，它只有一只耳朵。它要是继续在丛林里生活，是否能活5年呢？我不确定。”

兽室里不断传来响声，似乎整个丛林都在侧耳倾听。

生物学家继续说下去：“这并不残忍。要是能够正确地对待动物，捕获本身并不是件坏事。你说它们哪里没有被善待呢？”

我说不上来了，因为我找不到证据来支持我的话。他的动物都有充足的食物，生活无忧，小黑猴还能防止被赤练蛇侵袭。

生物学家一言不发地吸着烟，几分钟里我们都没有开口。他的眼睛紧紧地盯着丛林，似乎陷入了回忆。

他轻声说：“生物学家对待自己的动物要比人类社会对待人类自己好得多。搞生物的人总是很友善地对待动物，我还没见过哪个人对动物不好。”

他忽然打住了，用力地咳了两声，似乎回忆中有恐惧之处引起了他的反感。

他立刻更正道：“我刚才说错了。我认识一个对动物不好的人。夜还不是很深，时间还算早，你要是有兴趣，我可以给你讲个故事。”

我说：“好的，很乐意听。”

他开始讲道：“很多年以前，我第一次到亚马孙河来，同行的还有福伯格，以及皮尔·赖森。赖森不过是名义上的生物学家，我是说他的心思根本没在工作上，半点也没有。他总是在工作中抱怨，总是不满。其实，他一门心思都在想着挣钱，这样的人是不配称为生物学家的。野生生物学需要人全身心地投入自己的灵魂和思想。因此，我说他只是个名义上的生物学家。

“一天，我顺着河流而下去赖森的营地，他拿出一张巴黎的报纸给我看。他很兴奋，笑得很开心，是那种满是贪欲的人才有的笑。

“他问我：‘你觉得这东西怎么样？’

“我看了看那张报纸，上面有张照片，照片上是一只猩猩，它有名有姓，取的是人的名字，就跟你我一样。它坐在椅子上抽雪茄，右手拿着一只羽毛笔在纸上写着什么。我从心里感到一阵厌恶。我不喜欢这样用动物赚钱，一点也不喜欢。所以，我把报纸还给了他，什么都没说。

“他打了个响指说：‘你觉得怎么样？’

“我说：‘不怎么样，我对这个没有兴趣。’

“‘你可真是个老顽固，这猴子一周能在皇家剧院挣上 200 镑，简直就是一棵摇钱树。’他叫了起来。

“我说：‘这跟我没有关系，我半点兴趣都没有。’

“‘我的天哪！’他开始嘲笑我，‘难道你想在这连个人影都看不到的丛林里待上一辈子吗？死后去喂野狗和鳄鱼吗？斯葛瑞博，我可不想这样，我有我的理想。’

“我知道他要说什么，不过当时我并没有打断他。

“‘我有我的理想，’他接着说了下去，‘我不想喂鳄鱼。我为什么就不能享受那么多的女人和美酒呢？我想在死之前好好地享受生活，要死我也要死在巴黎，死在漂亮女人的怀里。’

“我指着报纸上的照片问他：‘可是这个对你有什么用呢？’

“‘有什么用？’他尖声高叫，‘有什么用？你这个大笨蛋，把一只动物训练成人怎么可能没有好处呢？我，皮尔·赖森，也要训练出这样一只猩猩。’

“我说：‘换成是我，绝对不去干这种事。’我说这话的时候，赖森像是听到了一个前所未有的大笑话一样，笑得欲罢不能，倒在床上笑了好几分钟。他是皮尔·赖森，一个非常聪明的人。他这种人本就属于城市，不该离开，也不应该学生物学，丛林并不适合他。赖森一直沉浸在幻想之中，从来不写报告，而丛林里的人应该是为了撰写研究报告而来的。”

斯葛瑞博停了下来，在躺椅中往前欠了欠身子，像是在倾听什么。兽室里还是不断地有各种声音传来，我听着觉得哪里有变化，却又说不清楚。

斯葛瑞博站起身，走进黑暗中。几分钟以后，他回来了。一边脱下胶皮手套，一边坐下。

他解释道：“小黑猴病了，如果是在丛林里，它这次就必死无疑，不过在我这儿它就可以活下去了。我刚给它打了一针青霉素。现在继续回到我们的故事中吧，关于那个聪明绝顶的皮尔·赖森，那个一心想要生活在巴黎的人。他每天都把那张猩猩的照片放在口袋里，整天看来看去，朝思暮想的也都是这事。

“他冲我大叫：‘想想看吧，顽固的德国佬，一周200镑啊！我们为什么不训练一只呢？’

“我说：‘我才不干呢。我觉得猩猩保持本来的样子挺好，我绝对不会去强迫它做上帝本未赋予它天赋的事。要是猩猩原本

就这么聪明，那么我就允许它抽我的雪茄、用我的笔写信。’

“我的话使得赖森非常气恼，甚至是气急败坏。三天后，当地的一个土著捉了一只刚过哺乳期的小猩猩，赖森毫不犹豫地买下了它。

“他对我和福伯格说：‘我就想找这么大的猩猩，得想办法尽快把它训练出来。哦，你们这两个笨蛋，等着瞧吧！巴黎的摩登女郎都在等着看我的表演呢，每周 5000 法郎！皮尔·赖森教授和他训练有素的猩猩联袂登场，等着瞧吧，这有什么不好？’

“我和福伯格都没有说什么，因为我们知道猩猩并不是那么容易训练的，大自然早有安排，从蚂蚁到恐龙，任何一种生物都有自己的位置。

“赖森是个狠得下心的人。朋友，我敢跟你保证他不是软弱可欺的那种。恰恰相反，他性子很急、坚韧而又残酷。他喜动不喜静，也许，城里人会认为丛林是个很刺激、很浪漫的地方，但事实恰恰相反，这儿根本没有什么可以让人兴奋的事。你可以理解吗？丛林是一个让人安静地思考生命的地方，而赖森这个法国人是无法安静地坐下来的。他买下猩猩才不过两天，就开始把自己想象成一个百万富翁了。有些人就是这样，他们无法控制自己的想象，而想象一旦加了太大的马力往往就会驶向罪恶。赖森就是这样，他设想自己拥有巴黎的公寓，宝马名车，赌场上的筹码，芭蕾女郎的媚笑。还有一个更糟的癖好，他总在衣兜里装一个方方的酒瓶，并一再为猩猩和自己将要在巴黎过上美妙的生活而干杯。酒喝得有些过头了。

“每次我和福伯格到赖森的营地，他总是把自己毛茸茸的学生牵出来跟我们炫耀一番。那只猩猩非常聪明，学得很快，但是我和福伯格都不喜欢。我们和赖森说了自己的看法，但他总是大声嘲笑我们。

“他叫道：‘你们这两个笨蛋，长的是猴脑啊！走着瞧吧！皮尔·赖森教授和他那训练有素的猩猩每星期都能赚上5000法郎！想一想吧！5000法郎！当我揽着巴黎名模的腰肢时，我会想起你们这两个还在亚马孙遭罪的笨蛋的。’

“他昏了头，似乎想过那种奢侈的生活有点想疯了，好像他看见自己和猩猩在全欧洲大把捡钱。我觉得那只猩猩可能也觉得他疯了。它会坐在他身边，对主人的兴奋一脸不解。它怎么可能知道赖森的巴黎梦呢？它怎么会想到赖森已在头脑里给自己架了一只天梯，正在一步步往上爬着去吻仙女的脚跟呢？它不过是一个畜生，它不理解有人每周花4000马克，就是为了看它装模作样地抽雪茄。天哪，光是想着这些事都让我觉得恶心。

“后来有一天，猩猩的野性发作了，就是不愿学一件事情。我想，赖森那天一定又喝醉了。撒野的猩猩和醉酒的赖森在一块儿，能干出什么好事呢？皮尔·赖森后来跟我说，猩猩把雪茄和道具统统弄碎了。他似乎看到别墅、马车、女人的腰肢都从眼前飞走了，于是他大发雷霆。他一口喝干了酒，甩掉酒瓶，做了一件疯狂的事。”

夜晚微凉，黑黝黝的丛林安静了下来，似乎也侧耳倾听这个故事。生物学家的故事就像是一根魔鬼的手指，将每个生灵的心弦都拨动着。

生物学家继续说道：“赖森的营地门口刚好有亚马孙河流过，河边的烂泥里有许多肮脏、丑陋、凶残的鳄鱼整天躺在那儿。我讨厌鳄鱼，它们让我觉得恶心。那个法国佬简直疯了，他觉得必须得好好地教训一下猩猩。我想他一定是发疯了，又疯又醉。”

我问：“然后呢？”关养着的动物的叫声几乎已经听不到了，整个夜晚似乎都在听这个故事。

“然后？”生物学家重复了一句，继续往下说，“皮尔·赖森把猩猩绑在河边的树干上——对，那儿正挨着腐臭的烂泥塘。然后自己坐在台子上，大腿上靠着来复枪。他想让猩猩明白不服从命令会有的后果。

“猩猩在哀啼，赖森却在笑。后来他跟我说，猩猩一遍遍地哀啼着，然后开始惊恐地尖叫。庞大的猩猩吓坏了，有一块烂泥开始移动。你有没有见过鳄鱼的眼睛？那种凶残的鳄鱼才有的眼睛？冷冰冰的眼光，是其他生物所没有的。不，我错了，鲨鱼也有，但是鲨鱼的眼睛是那种在激烈的战斗中的眼睛。但鳄鱼不战斗，它是个魔鬼，等到胜券在握才会出击。泥中魔鬼显然注意到了被皮尔·赖森绑在树上的猩猩。猩猩的哀啼愚蠢地向鳄鱼表明了自己正身处困境。

“鳄鱼以为这可能是陷阱，因此迟迟不攻击。1 个小时，2 个小时，3 个小时，它就这样一直盯着猩猩。赖森也冷眼旁观。他要对猩猩进行调教，让它变聪明，能在巴黎给他大把大把地捞钱。

“鳄鱼甩去头上的烂泥，以便更清楚地看四周的环境。猩猩尖叫着求赖森来解救自己，尖叫声一定无比的凄厉哀婉。它是在哀求，要是赖森马上去救它，不管赖森让它去做什么，它都一定会去做。但赖森只是一动不动地坐在那里，脸上带着笑。他后来曾向我逼真地描绘过当时的情形。鳄鱼从泥中浮出身来，紧紧地盯着浑身发抖的猩猩。它爬到岸边，眼中流出了几行泪，猩猩的眼中也滑落了泪。一边是残忍的泪，一边是恐惧的泪。

“猩猩瘫软在绳套里，用它独特的哀啼声向皮尔求救，它的声音已经因为绝望而破裂。鳄鱼那冰冷的闪着死意的眼神把它的神经彻底地摧毁了。鳄鱼因此更加充满信心，这个狡猾而残忍的家伙，它认为在这场与猩猩的比赛里自己已经稳操胜券了。它决定发起攻击。

“鳄鱼虽然身体笨重，但一旦发起冲刺，速度就相当惊人。它向猩猩全速冲去，而皮尔·赖森等的就是这个时刻。他扣动来复枪，子弹射入鳄鱼的右眼。鳄鱼翻了个身，一声惨嚎，然后迅速地钻回了烂泥中。

“这个皮尔·赖森简直是个疯子。我和福伯格第二天去他的营地时，他得意扬扬地笑着，向我们炫耀了一番。而猩猩可怜巴巴地围着他献殷勤，害怕他再次导演那样的恐怖剧。天哪！那个畜生真是吓坏了。赖森每看它一眼，它就会一阵颤抖，像婴儿一样啼哭。被鳄鱼盯了3个小时，即便是个正常人，也会神经崩溃。我敢确定，即便是在梦中，它都会看见鳄鱼闪着死意的眼睛。

“赖森叫道：‘看吧，我把它驯服了，它再也不敢放肆了！’他冲着猩猩叫喊，‘去！给我把酒瓶拿来！’

“猩猩去了吗？当然去了。这个任务对它而言简直生死攸关，它丝毫都不敢怠慢。赖森高声大笑起来，好像笑声能够传到巴黎一样。他说，鳄鱼的眼睛是世界上最好的东西。

“赖森还说：‘下周我先带它去新加坡，然后沿途演出，最后去巴黎。一周就有5000法郎！你们将从报纸上看到我的消息，看到皮尔·赖森教授和他训练出来的猩猩！’”

斯葛瑞博停了下来，轻轻舒了一口气。一阵风吹过，宽大的树叶噼啪作响。风忽然消失，然后四处又重归沉静。

我有些激动地问：“快说，后来怎么样了？快告诉我！”

斯葛瑞博平静地回答说：“4 天后，我沿河而下，又一次来到赖森的营地外。我叫他的名字，却没人回答。我想他一定是到树林里去了，就决定自己先去休息一下，喝杯酒。那天很闷热，亚马孙可是个火炉，绝对不是个避暑的好去处。

“你能想象那种死一般的沉寂吗？有时，我会有这种预感，就像刚才赤练蛇逃走时那样。那真是太奇怪了。丛林中本该有的蝉声似乎都没了。每当我感到沉寂时总会非常小心谨慎。不是因为我胆小，而是因为我知道，那些我无法感知而别的生物能感知的东西才最危险。

“当我向赖森的房子走去的时候，就感觉到了这种沉寂，就像有一千只冰冷的手抓着我的身体。丛林里生活的人能够通过皮肤去观察和聆听，当时我的皮肤有些发抖……我没有胡思乱想，它正在告诉我，有些我不知道的事发生了。我沿着小路小心翼翼地前进着，探查着，不知道自己会遇见什么，但我清楚很快我就可以知道了。我在头脑中跟着奇异的感觉追寻而去，相信马上就能够找到答案。我的心怦怦直跳，嘴唇发干。我想起了赖森对猩猩那种残暴的行为，想起他是怎样把猩猩绑在树干上的。想到猩猩面对着一身泥垢眼露凶光的鳄鱼，我似乎又看见猩猩再一次被绑在树上的情形。完了，猩猩出事了。这个念头在我脑中一闪，我就好像被谁重重一击。过了足足 3 分钟，我才平静下来，趔趔趄趄地来到台子前。你猜，我看见了什么？那个丑陋的猩猩像人一样痛哭着，手里拖着赖森的来复枪。

“我向它叫道：‘赖森在哪儿？他在哪？’

“我为自己所问出的愚蠢问题疯狂地发笑。我的皮肤，我的直觉已经把答案告诉我了。猩猩似乎听懂了我的话，走了过来。我虚弱的腿像稻草一样。我虽然没有看到事情的经过，但我可以在梦中把每一个细节重演一番。

“四周的沉寂、猩猩的哭泣、皮肤的颤抖把一切都告诉了我，让一个畜生学太多的事情绝对不是什么好事。

“我又冲它喊道：‘他在哪里？告诉我他在哪里？’

“猩猩抹了抹丑陋的鼻子上的眼泪，伸出毛茸茸的手抓住我的手臂，拉我向泥塘岸边走去。一阵恶心气味袭来，那种气味让我五脏翻涌。我知道发生了什么事，没错，当时我就知道，我的大脑像拼魔方一样把琐碎的细节拼凑在一起。我紧紧地抓着来复枪，浑身直冒冷汗。走近泥岸时，我四处寻找能够证实自己猜想的证据，证据就摆在那儿。在那棵赖森绑过猩猩的树上，还系着两只衣袖，袖子里还有半只断臂，一条粗绳圈环在树根部，系得很紧——这就是我所要的证据。

“事情已经再明显不过了。赖森一定又喝醉了，而且醉得一塌糊涂。他的醉态激起了猩猩那份恐惧的回忆。这个畜生简单的大脑中闪现出一个恶作剧的念头：让赖森也尝尝面对冰冷的眼神瑟瑟发抖的滋味。于是，它把赖森绑在那棵自己被绑过的树上，然后自己学着他的样子，坐在一边的台子上，手里拿着枪，等待着那些冷冰冰的眼睛去发现赖森的困境。后来赖森肯定清醒过来了，因为对死亡的恐惧，他一定声嘶力竭地呼救过，开始时，猩猩也学着他的样子，故意不去搭理。太明显不过了，事情一定就是这样的。当鳄鱼发起攻击时，猩猩就拼命扣动扳机，可惜丝毫没有用处，太不幸了！——赖森教了猩猩很多东西，却唯独忘了教它装子弹。它只能坐在那儿像人一样哭泣。等我赶来时，已经太迟了。”

我问道：“那后来你做了什么？”

斯葛瑞博轻轻地叹了口气，说：“什么都没有做。模仿本来就是灵长类动物最大的天性——皮尔·赖森跟我说过他对猩猩所做的事情，他本来就是想利用猩猩模仿的天性去帮助自己实现巴黎梦的。该叫它什么呢……命运？造化？报应？……无论叫它什么，这种奇怪的规则一直都会在，而且屡试不爽。我紧紧地盯着猩猩，猩猩也盯着我。它开始惊恐地后退，一边哭，一边还回头望这边，这样回头望了十几次，才消失在丛林里。”

生物学家指了指那片黑黝黝的丛林，缓缓地说道：“那里有一只猩猩，头脑中永远留存着一场悲剧。”

鬼屋里的怪女人

高蒙村非常小，整个村子一共就53个村民，12匹马，9辆小型货车，除去老约翰手里那辆1955年产的福特汽车，整个村子里连一辆汽车都没有。而且，从1963年起，那辆福特车就再也没有发动过。除了威廉和罗德士，剩下的所有村民，唯一的业务就是务农。此外，基本没有别的事情可以做。威廉在业余时间还会打理一下他的加油站，罗德士则是村里兼职干了差不多20年的老牧师了。

如果村民需要购买日用品，他们必须去42英里之外的L镇。由于所有的家庭都要务农，因此村民们对于额外的食物并没有太多需求。他们会在每隔一个星期的周六聚集在柯比家的大院子里，然后将各家各户种植的东西拿出来进行交换。在这里，各家各户可以换到自己想要的食物，而且他们会约定一个交易的比率。例如，10磅的洋葱能与10磅的马铃薯直接交换，装满8加仑容器的红萝卜能够交换3加仑的牛奶，装满8加仑容器的玉米能够交换2只鸡等。

距离高蒙村大约4英里，有一栋白色的小木屋，小木屋与村子之间连着一条狭窄的小路。迄今为止，这栋小木屋已经空了20多年，人们所知道的最后一任主人叫作安娜，大家曾经称这个人为“女巫”。由于年纪过大，她已经在22年前过世了。但是，只要曾经认识她的人，对她都记忆犹新。

安娜在当地没有亲人，她唯一的亲戚也住在另外一个州，而且那个亲戚从来没有到过这栋小木屋。这栋房子的售价也非常便宜，普通人家都能够买得起。空着的22年里，有非常多的年轻夫妇曾经想过自立门户，单独住在一栋小屋里，不过，从来没有人打算住进这栋房子里。在村民们眼中，这栋房子风水不好，经常闹鬼。

有一天，L镇突然出现了一个叫乔治的陌生人。这个陌生人自称来自100英里之外的克雷堡，他想找一间非常僻静的小屋。这个人找遍了L镇所有的房产中介公司，但似乎都没有找到满意的房子。于是，他抱着最后一丝希望，来到了高蒙村，并且找到了当地唯一一家负责房产业务的霍氏地产公司。

整个公司都由霍特全权负责，他是这家公司的老板，同时也是店员。正当霍特向乔治逐条介绍自己的公司是如何公正可信时，乔治打断了他的话，说自己是一个律师，克雷堡那边还有很多事情等着他去处理，他很忙，希望霍特的办事效率能够高一些。

霍特显得有些迷惑，由于平时很少有顾客上门，他原本希望借着这个机会能再多说个10来分钟。他看着乔治，然后慢吞吞地说："让我想想，我有没有把事情记录清楚。根据你的意思，你想找一栋小房子，哪怕只有一个房间也没有关系。你希望那里绝对安静，可以租赁，也可以购买。乔治先生，我有一个疑问，你看起来是个30岁都不到的年轻人，为什么会想到要一个人住在一栋小房子里？"

"首先，霍特先生，我已经33岁，这属于你看走眼了；其次，我从来都没有说过，租这房子是给我一个人住的。其实这跟你一点关系都没有，现在你已经问了，我也可以告诉你，我找这个房子是给我姑妈住的，她年纪有些大了，而且身体不是特别好。我打算让她安安心心地在这儿享几年福。她平时喜欢清静，不愿意被人打扰，也不希望别人多么同情她。不过，话说回来，我觉得我现在是在浪费时间……”

“乔治先生，你先别急，我觉得，我们这里有一个地方恰好能够满足你的需求。”

过了3个星期，高蒙村外的那栋白色小木屋焕然一新。其间，打扫、修理和刷漆都是由乔治亲手完成的，现在唯一的事情就是等他的姑妈搬过来住。

一天，他开着一辆租来的小货车过来了。车子上装着一个老式的炉子，一个小型的冰箱，一张床，还有几只小箱子。3天之后，他又来到了这里，不过这次开着的是一辆绿色的小轿车，车子后面似乎满满地塞了好几袋杂货。几天下来，乔治的一举一动都被整个高蒙村的人看在眼里。

整个村子里只有一条狭窄的道路，弯弯曲曲地从8户人家的门口经过，加油站和教堂也在这条路的路边。如果要进出安娜的那栋白色小木屋，这条小道是必经之路。这也是为什么，只要乔治过来，村里的人都会知道。他们在猜想着乔治先生将杂货放下之后，没准就会去北边将他的姑妈接过来。村民们注意到，那些杂货包装袋上的图案，正是L镇文森特开的超级市场的商标。因为L镇只有那一家超市，高蒙村的村民平时也会去那里购物。

引起村民注意的，不仅仅是只有超市的购物袋，还有乔治开过来的那辆绿色的小汽车。村民们都很好奇，乔治的姑妈究竟是个怎样的人物，他们都想亲眼见一见。不过，至少在白天的时候，从来就没有人看到过。大约过了一个星期，村民们又一次看见了乔治，这一次是开着空车，从小木屋直接开车去了北部。于是村民们猜测，乔治的姑妈应该搬过来了，而且应该是在某个晚上，当大家都睡着的时候，悄悄地搬过来的。

格拉夫家那一对42岁的孪生姐妹打算带一条腌肉、一块烤饼外加一些腌制食品，亲自去拜访一下乔治的姑妈，以对村里第54位村民表示欢迎。当然，事实上是第55位，就在6天前，可怜的洛林小姐生下了第11个孩子。她们一直都没有搞清楚，这个没有男人的女人，到底是怎么把孩子生下来的。

等她们到小木屋的时候，已经是中午了。她们从小货车上下来后，拿着自己做好的东西，正准备沿着小路朝小木屋走过去时，听到了一阵很低很低的狗叫声。她们当时就停了下来，仔细看了看。原来，那是一条被铁链子锁在屋外的牧羊犬，看起来非常瘦，似乎很久没有吃过东西了。两姐妹心里觉得有些害怕，于是立即原路返回，她们可不想亲自试验一下这只狗到底有多么厉害。

仅仅过了半个小时，高蒙村的所有人都知道，乔治姑妈家的门外有一条非常凶恶的看门狗。村里对此议论纷纷，人们都在猜测，乔治姑妈为什么要养一条这么凶恶的狗。此时，罗切特、贝和德、洛林小姐家的巴克以及一个13岁的小孩打算去小木屋看看，因为他们非常好奇，真正的牧羊犬究竟长什么样，毕竟他们只见过图片上的纯种牧羊犬。

他们一同骑着贝和德家的骡子慢慢悠悠地走了4英里。等快到小木屋时，他们提前从骡子上下来，将骡子拴在了距离小木屋有些远的地方，随后悄悄地摸到了院子的边上，尽量不打扰到那只小牧羊犬。

他们朝院子里看了看，那只牧羊犬正趴在院子里那棵大槐树的树荫下乘凉。正如大家所说的那样，这真是一条恶狗，长得极其丑陋，连睡觉的神态也很丑。

其中一个男孩惊呼道："要是它不这么瘦，也许会好看一些。"他们没想到，男孩的这一句话居然将狗吵醒了，当他们还没有反应过来，甚至没来得及叫出声来时，狗已经冲到了他们的面前。好在，狗是被铁链子拴着的，如果他们再多往前走一步，结果都不知道会变得怎样。他们感谢幸运之神的眷顾，随后立即朝拴骡子的地方跑了过去。自从这件事情发生之后，再没有人对乔治的姑妈感兴趣了，他们都只有一个愿望，希望乔治的姑妈能够和这条能吃人的狗相处得融洽。

随后的几个月，乔治每个星期都会装着一车杂货到那间小木屋去。人们渐渐对此习以为常了，因为这种事情发生得非常规律，就像人们习惯性地会在周日的早上去教堂做礼拜。

时间一晃过了 3 年。乔治的姑妈从村子里搬走了，和她搬来的时候一样，从来没有人见过她的样子。不过，人们倒是注意到乔治，他开着 3 年前运货的那辆小货车进了村子，没过多久，又从村子里出来了。

这让村里的人们再一次感到好奇。到底发生了什么事情呢？之前乔治租下这栋小木屋，为的就是让他的姑妈能够在这里安享晚年，现在为什么又从这里搬走了？村里没有一个人知道究竟发生了什么，也无处可查，最重要的是，并没有人真正地去关心这个从未见过的人。

一天，L 镇超市的老板文森特正在看报纸，随后突然对他的伙计说："福莱尔，快来看啊，克雷堡有个人居然一夜之间就变成了百万富翁！"

大家对此纷纷表示怀疑，不过文森特不予以理会，接着说：

“这是千真万确的事情，报纸上都登了，让我看看，这个人……报纸上说，他叫乔治。他曾经娶了一个非常有钱的富婆，并且在结婚的时候就签下了一张字据，要是他们离婚了，乔治就无法从她身上拿走一分钱，但是如果那个富婆比乔治先死，所有的财产就统统归乔治和他们的孩子所有……福莱尔，你听明白了吗？不过，报纸上说，这个女人在3年前意外失踪了，乔治说她婚后出轨，和她的情夫一起同居了，瞧啊，这新闻多么具有爆炸性！”

文森特一口气念完了大部分新闻，但他仍旧很兴奋，停了一会儿，继续说：“对了，精彩的内容刚刚才开始。据说，这个富婆昨天半夜的时候又出现了，而且她一丝不挂地从克雷堡的警察局门口走过。看来她真的疯了，居然已经不记得她叫什么名字了，也不知道她的家在哪里。据说她身上特别邋遢，感觉像很多年没有洗过澡一样。而且她身子特别虚弱，枯瘦的身躯让她走路都成了问题。对了，警察从她口中唯一能问出的东西，就只有一条狗。警察现在已经把这个疯女人送走了，也许是养老院吧。不管怎样，这个乔治算是发财了。

“这还不是最巧的，福莱尔，你知道吗？那份字据中曾经写明，如果这个富婆疯掉的话，所有的财产就会归乔治一人所有。他的运气真是太好了，这得多巧啊！”

福莱尔走了过来，拿过报纸仔细看了看。他盯着照片上那个人看了很久，总觉得这人非常面熟。

阳台下的玫瑰花

“早安，亲爱的。”华伦先生亲吻着他的太太，从她胖乎乎的手里接过一杯温暖的咖啡，随后坐在了报刊架的后面。他假装自己在看报纸，但其实正在盘算着如何将他太太干掉。

他们结婚两年了。没错，这个老女人非常富有，不过，凯琳已经等不及了。

华伦太太走进来对他说：“亲爱的，我们阳台的下面居然长了一朵鲜艳的玫瑰花，这太有意思了，不是吗？我相信它会在今天晚上开放的。我想好了，在我们结婚两周年的纪念舞会上，我要把它戴在我的头上。”

这时，华伦先生的脑子里突然闪过一个念头。他打算晚上带她出去，然后走到阳台边，并要她指出来那朵漂亮的玫瑰花长在哪里。这个时候，他就能从后面一抬，再一推……此时，他的脑海中想象着，阳台的下面，遮阳伞和桌子中间，堆着一摊不成形的东西。他甚至想好了自己的台词：“哦，她一定是为了看那漂亮的玫瑰花，结果身子探出去太多了。”

没错，他一定会遭受到别人的质疑，不过这没有关系，他能够继承她的所有财产，而且，不会有人知道具体发生了什么。除非有铁证，否则不会对他造成太大的影响，至于其他人的质疑，他完全不放在心上。

凯琳住在一栋廉价的公寓里。其实，这个老女人对华伦出手还是很大方的，她会为他付清一切账单，送他很多礼物，不过，唯独对他的零花钱掌控得很紧。这使得华伦没有足够的资本来讨好凯琳。

凯琳和他约在中午 11 点见面，他必须寻找一些类似于理发、买衬衣的借口溜出来。不过，华伦太太告诉他，整个上午他都能够自由安排。她也没有说中午会不会回来吃饭，她答应别人去一趟迪奥旅馆，然后她还要去上舞蹈课。

“舞蹈课！”华伦先生笑着拍拍她的肩膀，然后说，“看来你是爱上那个叫比克的舞蹈老师了吧，你这段时间总是和他一起跳舞。”

“亲爱的，我之前跳舞可是只跟你，但不知为什么，结婚以后你就不再跳舞了。”

“难道，你不记得我们在乔治家的那天晚上，还一起跳了一支‘蓝色多瑙河’吗？”华伦琢磨着，和她相处的时日不是很多了，所以就回味一下过去，哄哄她开心算了。

“哦，那天晚上啊，你当时不愿意接受小费呢，当时你还说，不希望我们纯洁的爱情被金钱玷污，我太感动了，所以第二天就给你买了一块纯金手表，作为对你的补偿，你还记得吗？”

他们两个人都沉浸在甜蜜的回忆之中，随即向对方告别，各忙各的去了。

华伦先生趴在一张椅子上，他正在向他的情人凯琳讲述自己的计划。金发碧眼的凯琳越听越激动，原本高耸的胸脯这时更是一起一伏，透露出一种让人难以拒绝的诱惑。此刻的凯琳，恨不得立刻能跟华伦过上富足的生活。

就在这个时候，华伦太太正靠在舞蹈老师比克的怀里。她正笨拙地扭着步子，嘴里不停地哼着舞曲的旋律。比克将嘴凑近她的耳边，轻轻地说："我的宝贝，昨天晚上我没有接受你的慷慨馈赠，你不会生我的气了吧？其实，我只是不希望我们纯洁的友谊被金钱玷污。"华伦太太丝毫没有流露出难过的表情，她带来了一块白金手表，以此弥补昨晚拒收的小费。

华伦先生回到家里，手里还拿着一个二手的钻石发夹，他打算将这个东西当作礼物，送给自己的太太。虽说花大价钱买了这个玩意儿有点浪费，不过华伦一想到计划完成之后，他还能将它转手再送给凯琳，就觉得买这个发夹还是值得的。绝对不会有人怀疑，这个刚刚给太太买了钻石发夹做结婚周年礼物的人，居然会是谋杀他太太的凶手。

华伦太太看到礼物之后非常开心，她此刻特别希望自己能够将一朵玫瑰插到头发之中，这样，她就能光鲜亮丽地与丈夫一同到楼下共进晚餐了。

在华伦先生看来，真正的谋杀，其实是世界上最简单的事情。

他们一同来到阳台，探出身子向下面望去。

一举，一推……伴着一声惊恐的哭叫声，阳台下面，有一群人从遮阳伞下跑了出来，他们围向那个已经摔成一团的人。快叫救护车！出人命啦！赶紧报警！快，用桌布盖一下……下面瞬间乱成了一锅粥。

很快，警察冲进了旅馆的套房里。此刻，沙发上坐着一个双手紧握、头发凌乱的人，这个人正在猫哭耗子地向警方哭诉那可怕的故事。

"这简直太悲惨了，她一定是想看清楚那玫瑰花，结果身子探出去太多了。"华伦先生一边哭一边说道。

一百万美元

立秋过后，天气渐渐变得凉爽起来。

一天晚上，刚从夜校下课的博尔带着哈利一同回到家中，直奔书房。他们关上了门，开始了一次秘密的商谈。这有点非同寻常，确切地说，这是大本公司发生百万劫案的前夕。

玛丽是博尔的太太，她并不喜欢哈利这个人。不过，她除了自己，对于其他任何人都持漠不关心的态度。虽然到了奔四的年纪，但她仍然拥有苗条的身材，修长的双腿，加上平日保养得当，她的容颜并没有因为年岁的增长而衰退。唯一的不足就是对生活缺乏热情，因此他们夫妇总是过着平淡如水的日子。

为他们生活带来转变的，就是这个哈利。

15年前，哈利从一所中学辍学，此后就再没有读过书。而这个学期，哈利决定去一家夜校念书，打算获得一张中学文凭，博尔则成了他的历史老师。由于哈利的基础很差，在开始的很长一段时间，他都没有办法跟上班级的进度，博尔对他却关爱有加，为他开小灶，帮他补功课。久而久之，这居然成了一种习惯：博尔会在放学的时候把哈利带回家，和他在书房里一边喝咖啡，一边研读功课。

哈利虽然书读得不多，但言行并不粗鲁。不过，玛丽并不喜欢这个人，她总觉得哈利看她的眼神有点奇怪，更重要的是，她对博尔如此关心这个学生的行为非常反感。

博尔为此解释道：“他虽然不是一个非常有趣的人，但我对他的读书动机非常感兴趣。”

玛丽并不满足于这个解释，因此不断地追问博尔。最后，博尔道出了实情：“他是为了能多挣钱才读书的。因为没有文凭，他根本就没有前途。他从来没有做过一份体面的工作，16岁就出来打工，四处流浪。”

听到这里，玛丽对这个人更加厌恶，但博尔坚持说：“他现在担任一家洗车公司的技工兼门卫。这家公司让他意识到文凭的重要性，他不在乎读什么，他之所以重新读书，是因为在他看来，这是通向赚钱之路的捷径，如此而已。”

说到这里，博尔不停地点头，“他是一个很坦率的人，我们其实和他一样，都需要钱。钱果然是个好东西！”博尔停了停，接着说，“但是，他现在发现，要想集中精力念书是一件非常困难的事情，他开始质疑他最初的单纯想法，而我想做的，就是鼓励他继续把书念下去。”

听到这里，玛丽突然觉得博尔说的最后一句话有点虚伪。她不否认钱是好东西，谁都爱钱，包括她自己，但这并不意味着，哈利和她一样爱钱，她就得对哈利也抱有好感。同时，这也无法解释，博尔为什么要与哈利成天黏在一起。

终于，在10月底的一个夜晚，玛丽按捺不住了，决定向博尔问个清楚。

当晚，博尔送走哈利的时候已经快到半夜，此刻，玛丽还躺在客厅的沙发上看电视。博尔回到客厅，关掉电视，然后抽了张椅子，坐在玛丽的身边，悄悄地说：“玛丽，我明天要去汉密尔顿开会，哈利明天也放假。不过，我不打算去，我想和哈利去偷点东西。”

玛丽不以为意，探过身子，重新打开电视机。

“玛丽，我是认真的。”博尔说。

玛丽看着博尔，冷冷地问：“你们想偷什么？”

博尔斩钉截铁地说：“大本装甲服务公司！这个主意是哈利想出来的，他的汽车公司就是主要为装甲车服务的。他观察了一段时间，发现每周五的上午，大本公司的装甲车都要从汉密尔顿的信托公司往汉密尔顿附近的4家工厂押运工资，虽然面额都很小，但总量很可观，有100万呢！玛丽，你想想看，100万啊！”

玛丽听完之后，异常冷静，非常坦率地对博尔说：“你疯了吗？”

博尔仍试图说服玛丽：“自打我们结婚那天起，你就一直想要我找一份可以赚大钱的工作，现在不就正好有这样一个机会吗？”

玛丽抿着嘴，脸上露出一丝不屑的表情，说：“之前我是这样说过，可每次你都说，除了教书，别的都不会，还要我不要瞎折腾，安分守己地过日子就行。”

“是的，我不否认，教书能带来一份安定的生活，可是你想想，100万啊，我们的后半生可能因此而发生天翻地覆的转变。”

“你干不来的，”玛丽不紧不慢地说，“除非是那种职业劫匪，否则，像你这种门外汉，怎么可能干成这种惊天动地的事情？”

“我们考虑过这一点。在哈利看来，正因为我们不是专业劫匪，所以我们做这件事才是安全可靠的，才有可能成功。”博尔深吸一口气，继续说，“哈利已经为这件事制订了周密的计划，他考察了沿路的情形，发现了一个适合我们下手的地方。我们需要做的，就是把那两个警卫捆起来，然后把他们锁在卡车的后面。我们会把车子停在一个能够藏钱的地方，然后回家，等这件事情的风声过去之后，我们就能风平浪静地过日子了！”

玛丽很想说些什么，但又被博尔打断了：“亲爱的，我知道你在顾虑什么。是的，我们拿到钱之后，在很长一段时间不能动用它，因为警察会在那段时间对突然出现的暴发户做盘查，”博尔狞笑了一下，继续滔滔不绝地说，“哈利说，为了这100万，他愿意花足够的时间去等待，因为警方永远不可能怀疑到我们头上，我们没有前科，没有服过兵役，更没有在其他的地方留下指纹档案。至少在外人看来，一个守法公民，一个外行，永远不可能与这种惊天大案扯上一丝联系……”

“博尔！”玛丽听不下去了，大声打断他的话，“别让哈利这个疯子把你拖下水，我知道他要做什么蠢事，要知道，你们会因此被关到牢里去的！”

博尔点点头，表示认可玛丽的担忧。“是的，我坚信，哈利会迫不及待地启用那笔巨款，我也相信警察肯定能根据线索追查到哈利头上，并且他很可能把我供出来。”

玛丽的双眼一直死死地盯着她的丈夫。

“不过亲爱的，你不要担心，我为此也做好了预案。哈利会策划执行整个计划，他会先偷一辆汽车，而且这辆车的车主会到晚上才发现车被盗了。而我会把我的汽车藏在水库附近的一个小森林之中。在我们得手之后，我和哈利就会改乘我自己的汽车前往波士顿，那儿有个绝佳的藏钱地点。不过他开始并不想告诉我那个具体的地点，因为他担心我在关键时刻掉链子，所以，最好的方案就是只有他一个人知道巨款藏在哪儿。这样，即使他被抓，钱也会永远地藏在那儿，他甚至可以出狱之后再去取，”博尔停了一下，补充道，“不过，他并不相信你，并且要我什么都别跟你说，怕你会出卖我们。”

玛丽摇摇头，说：“不会的，只是我不太相信哈利那个人。”

听到妻子的这句话，博尔终于露出了微笑，他伸出一只手，搭在玛丽的手上：“我就知道你不会出卖我们，我也向哈利保证了这一点。我知道你会担心，其实在最开始的时候，我的内心也非常害怕，不过我相信我们的计划一定能成功，毕竟这件事，除了我们，再没有别人知道了。”

玛丽的态度似乎有了一点转变，期待博尔继续往下说。

“明天，我和哈利就会按照原计划开始行动，不过在那之前，我要先去汉密尔顿的会场签到，然后再离开。会场里面到时候肯定是乱哄哄的，因此不会有人注意到我离开了。随后，我会赶到水库边和哈利会面。上周，哈利买了几个大的金属箱，我们到波士顿之后，就会把钱装进这几个箱子里，哈利会把这几个箱子搬到那个其他人都找不到的地方。那儿附近有一个古老的牧场，是哈利小时候生活的地方。”

博尔继续向玛丽解释着他的计划：“事情办完之后，我也不会回到会场，我会和哈利待在一起。毕竟我们只有一辆车，哈利不希望在黄昏之前有人发现他的行踪，而且他也希望事情完成之后，像什么都没有发生一样，轻松地返回家里。所以，我们会在那个古老的农场停留很长一段时间。这也刚好满足我的需求，因为晚上到家之后，我要单独行动，不过我要提前告诉你，你在明天晚上会成为寡妇！”

听到这里，玛丽惊叫了起来：“寡妇！”

博尔很冷静地对玛丽说：“明天，哈利会穿着我的衣服，口袋里会有我的皮夹，他会死在我的车里。他将充当我不在场的最好人证。”

玛丽沉默了，过了很长时间之后，她才对博尔说：“可是，你们俩长得并不像啊。”

“这一点你不用担心，我们俩都是黑头发，黑眼睛，身形也差不太多，他也只比我小 1 岁。至于相貌的问题并不重要，因为明天到现场认尸的人毕竟是你。”

“你要去哪儿？”玛丽有一些担忧。

“嗯……我可能得失踪一段时间，可能 6 个月，也可能 10 个月，总之不会太久，等风声过去了，我们就会再见面的。没准儿我们会在一艘豪华的游艇上不期而遇呢。对了，我有保险，你到时候可以把它取出来用。再经过一段时间的交往，我就会和一位美丽而寂寞的寡妇结婚，而你呢，则会嫁给一位百万富翁，到时候呢，我们就再也不用为钱这种小问题而发愁啦！”

“可他们总有一天会捉到你的！”玛丽仍在警告博尔，不过，可以明显地感觉到，这种警告已经不如开始那么冰冷而强烈了。

博尔咧开嘴，对玛丽会心一笑：“亲爱的，看来你还没有想明白。我会借此除掉对我不利的证人，此外，我还会除掉我自己。有哪个警察局会对一个寒酸的历史老师的死亡感兴趣呢？他们哪会在这上面花太多的时间？是的，哈利失踪了，并且哈利认识那些警卫，所以他可能是最大的怀疑对象，不过只要哈利死了，不就死无对证了吗？这件事情也就自然而然不会牵扯到我的头上。我的计划就妙在这里，哈利是整个案件的唯一线索，不过那时，他早已安眠在我的墓碑下。”

“不过，博尔，我必须知道你在哪里，我还得知道钱藏在哪里，”玛丽的脸上写满了质疑，“要知道，凡事总有万一。”

博尔点了点头，说：“嗯，你说得对极了，我得抽个时间去把藏钱的地图照着画一份出来，而且这件事情不能让哈利知道。所以，这件事只能等我杀了哈利之后再进行。不过你放心，我会在他离开农场回到家里之前杀掉他，否则，他过早死亡，会引起警察的注意。”

博尔捏着玛丽的手，试图安抚她内心的不安：“放心，只要有空，我就会把地图寄给你，至于我藏在哪里，这个你必须要等上一段时间。因为最开始的时候，我会四处游荡，甚至会进行乔装打扮，我可能会挑一个离家很远的地方住下来。你只需要安安心心地待在家里，等待风声过去。相信我，一切都会非常顺利的。”

随后的 2 个小时，夫妻俩都在讨论玛丽在今后的一段时间内要做些什么，他们讨论得非常详细，甚至连选择哪家殡仪馆这类问题都没有放过。

“像丧葬费和房屋贷款这种大笔的费用，你可以暂时不用管，因为他们知道你靠保险金过日子，要着急的是他们，因为你现在没钱，仅有的一点还得用来吃饭。”博尔想了想，认真地对玛丽说。

随后，他又拿出自己的皮夹，从里面拿出一些钞票递给玛丽：“嗯，这里面得留下一点儿。”他拍了拍手中的皮夹，讽刺地笑了笑。

最后，他们重新温习了一遍整个计划，而后上床休息。那天晚上，玛丽显得异常兴奋，她甚至还做了一个美丽的梦，梦见自已成为百万富翁，要什么就有什么。

第二天早上，时钟刚指向9点，他们匆匆吃完早饭就分手告别了。虽是告别，但心中异常激动，细细回味一下，他们才发现原来已经很长时间没有这么激动过了。

玛丽收拾完餐桌和厨房，去附近的购物中心逛了逛，顺便洗了个头发，然后提着大包小包回到了家中。

下雨了，而且气温有些偏低。这真是太棒了，这正是博尔想要的天气呢，因为下雨能够冲刷掉车祸现场的多余痕迹。

玛丽匆匆地回到家中，连鞋都顾不上脱，就急急忙忙地跑到房间，打开收音机。这时，新闻正好播放了一半："……匪徒抢走了100万美元，警察部门现已在沿线的各条公路设卡拦截，而被劫持的汽车已经被警方找到，现停在水库附近的树林中。"

他们安全撤离了！玛丽如释重负地舒了一口气。她看了一下午的电视，并且吃了一顿简单的晚餐。

10点左右，有人在敲门。玛丽前去开门，发现是一位警察。

玛丽非常警觉地问了一句："有什么事情吗？"

"博尔太太，我很抱歉地告诉你……"警察显得有些不安，"你的先生遭遇车祸了。"

"哦！博尔……"她带着哭腔喊道，一双手紧紧地握在了一起，"他怎么了？受伤了吗？他……"说到这里，她突然说不出话来了。

警察神色有些凝重："他可能伤得有些重，现在还在医院。我们的头儿派我来接你，认为你应该立刻赶过去。"

警察局就是这样的办事套路，他们话是这样说，为的只是暂时安抚家属而已，很多时候，等人到了医院，他们就会说，你的丈夫死了，现在躺在太平间里，请你过去辨认一下尸体。

玛丽被警察扶上了警车，此刻，雨仍没有停。

车很快就到了医院，警察把她领到了大厅，与接待的护士小姐简单说明了情况之后，护士小姐就领着他们登上去往 5 楼的电梯。怎么没有去地下室呢，不应该去太平间的吗？玛丽觉得有些意外。这时，警察对玛丽说："博尔先生现在正躺在 5 楼的特护病房中，你过去看看吧。"

听到这里，玛丽愣住了。哈利居然还活着！

瞬间，玛丽觉得自己陷入休克状态，她甚至听不见周围的人在说什么，而那个医生正站在护理人员的柜台边等她。

医生的一番话，终于惊醒了她："博尔太太，我不敢向您保证，他有多大的希望苏醒过来，我们现在拍了 X 光，等结果出来之后，我们才能进行下一步抢救工作，也许手术是让您先生重获新生的唯一方式。"

她稍微清醒了一点，用一种近乎可怜的眼神看着医生，很久之后，才低声说了一句："谢谢你。"她突然意识到，周围的人都在等她表态，于是，她非常合时宜地问了一句："我可以进去看看我先生吗？"

"可以，不过，他现在正在昏迷中，"医生警告说，"他可能伤到了大脑，也许认不出你。你也做好心理准备，因为他伤得太重了，脑壳都裂开了，可能会吓着你。不过，伤成这样还能活着，已经是一个奇迹了。"

正如医生所说，她看到床上躺着的这个人之后，就开始浑身发抖。要不是事先知道，她根本不可能认出，躺着的这个人居然就是哈利。

她尽最大的努力控制着自己的情绪。她缓缓走向床边，用微弱的声音颤抖地说："博尔，你醒醒啊，我是玛丽，你看看我，和我说句话好吗？"

躺在床上的哈利就像一具尸体，一动不动，除去那断断续续且稍显吃力的呼吸，他真的和死了没什么区别。

玛丽以一种近乎无助而绝望的眼神看着医生，医生只是轻轻地扶着她走出了病房。

"你现在帮不到他的，"医生向她解释，"你现在能做的，就是在外面安静地等着，等着X光的结果。这是你目前接近你先生的最好方式，而且你能在这里获得你先生的最新病情。"说完，医生就离开了。玛丽一个人坐在走廊里，头脑中一片混乱。

过了一会儿，医生回来了，他摇着头告诉玛丽："希望可能不是很大，不过我们会尽全力的，我们已经邀请了汉密尔顿的一位脑神经专家过来会诊，他会在今天晚上为你的先生进行手术，这是目前我们唯一的选择。"

玛丽的精神看起来要崩溃了，医生轻轻拍着她的肩膀，带给她最大的安慰。"我会安排护士长给你服用一些安眠药的，我的建议是，你回家把这些药吃了，然后安安心心地睡一觉。这台手术可能要持续很长时间，你没有必要在外面干等着。如果有需要，我们会让人通知你过来的。你现在需要做的，就是保持你的精神状态，不要自我折磨，你的丈夫肯定也不希望看到你现在的样子。"

她起初极力推脱，想留在医院，不过最终还是选择了回家。夜里的雨没有停，寒意更重了。她回到家，看了看时间，还不到12点。

一个人在家，让她感到有些不安，她来回地踱步，脑中乱成了一团。博尔原本想要用这个计划弄死哈利的，没想到哈利竟然没死。这下，除了要担心哈利会不会醒过来，还要担心自己的生活费。哈利要是醒了，保险金也就没了，至于银行的那几百块，又能撑几天？别说还房子的贷款了，就连日常的水电餐饮费用也变得难以为继。更糟的是，博尔可能还不知道哈利没死，甚至可能很久以后才知道这个消息。像这种不起眼的交通事故，汉密尔顿的报纸又怎么会进行特别关注？再加上正值百万劫案的爆炸性新闻档期，报纸没有变成通篇专题已经是万幸了。

不过，一想到哈利重伤的模样，玛丽的心里又泛起了一丝安慰。他一定会死的！玛丽不停地安慰自己。

她没有吃安眠药，但由于过度担心，她早已疲惫不堪，躺在床上很快就睡着了。一直到第二天早上 8 点，她被医院的一通电话吵醒。

“博尔太太，我们已经为你的先生做完了手术，不过他现在仍然处于昏迷状态。”电话另一头的医生显得非常疲惫，很显然一个通宵都没有好好休息，“他可能还得继续昏迷一段时间。”医生停了停，原本以为她可能会对此说些什么，结果电话两端都沉默了一会儿。医生又安慰地对玛丽说：“不过，很万幸，他还活着。”医生又停了停，玛丽依旧保持沉默。最后，医生说：“博尔太太，我建议你暂时还是留在家里吧，护士们在这里忙成一团，你来了也帮不上什么忙，好好休息吧。”玛丽含糊地搪塞了几句感谢的话，然后缓缓地从床上坐起，穿上衣服。

大约 10 分钟后，门铃响了。玛丽前去开门，发现门口站着一位警察。

“博尔太太，我们的莫克警官在局里等你，他有些情况要和你了解一下。”

玛丽一听，头皮有些发麻，心里琢磨着：难道又出什么麻烦事了？

来到警局之后，玛丽见到了胖乎乎的莫克警官。他不紧不慢地对玛丽说：“很抱歉，博尔太太，在这个悲伤的时候我们还要打扰你，我们是想把你丈夫的随身物品归还给你。”

玛丽看着警官递过来的皮夹、钥匙和一些硬币，不禁松了口气。

莫克警官向后靠在椅背上，注视着她，随后问道：“博尔太太，你先生在开车的时候，是否会搭载陌生人呢？我的意思是，他有没有这方面的习惯？”

玛丽想起事前博尔对她的再三叮嘱，要尽可能地说实话。于是玛丽点了点头：“嗯，他偶尔会这么做吧，虽然他警告我不要随车搭载陌生人，但如果他觉得这个陌生人信得过，并且确实需要帮助的话，他会这么做的。不过，警官先生，你问这个干吗？”

“哦，是这样的，由于那天下大雨，我们没有在现场发现任何脚印。但在我们看来，如果只是因为雨天路滑，使得车辆从弯道上冲下山坡，是不会让你的丈夫伤成那样的。你丈夫身上的伤大多集中在头部和肩部，而且我们经过鉴定，那些伤很明显是遭凶器重创形成的。”莫克警官慢吞吞地对玛丽讲述着警方的推断。

听到这里，玛丽开始紧张起来：“也就是说，我的丈夫并非因为车祸而受伤？”

"是的，至少我们不这么看。顺便问一下，你丈夫出门的时候带了多少现金？"

她觉得这个问题难以回答，所以，最后回答了一句："不太清楚。"

"嗯，我们仔细检查过了，他的皮夹中只有5美元，我们认为，你的丈夫可能搭载了一位陌生人，而这个人打算对你的丈夫进行抢劫。你的丈夫可能在这个过程中进行了抵抗，不过这位陌生人应该对你的丈夫痛下了杀手，并且自以为已经杀掉了你的丈夫。同时，为了干扰我们的判断，他把5美元放回了皮夹之中，并且把汽车推到了山下面。"

玛丽从口袋里掏出手帕，不停地擦着眼泪，嘴里还不停地发出颤抖的声音："天哪，这简直让人难以置信！"

"当然，还有其他的，"莫克警官继续分析，"你丈夫随身的皮夹与钥匙上都没有指纹，由此看来，这一定不是车祸，而是一起蓄意抢劫和谋杀。我很不幸地告诉你，博尔先生正是这起蓄意抢劫谋杀案的受害者。"说到这，莫克警官将自己肥胖的身躯从椅子上挪起来，并且礼貌地示意玛丽询问结束，可以离开了，然后补充道，"博尔太太，你放心，当你的丈夫苏醒之后，我们也许能从他的口中收获一丝线索，我们会尽最大努力的。"

从警局回来的路上全程有人护送，秋雨早已停了，阳光明媚，天气也不如昨天那般寒冷，但玛丽的内心觉得更加寒冷了。博尔并不了解犯罪，连杀个人都不知道该怎么杀，他完全低估了警察的办案能力。由于他忘记把哈利的指纹印在皮夹和钥匙上面，使得警察开始将注意力转移到寻找陌生的搭车人身上，而且案件的性质也发生了转变，找不到这个陌生人，就会使这个案子变成一个悬案。

不过，玛丽现在一想到哈利可能已经死了，心中就会涌起一股莫名的安慰。可是，偏偏事与愿违，哈利仍然坚强地活着，医生也不断地安慰玛丽，告诉她手术后的昏迷是正常现象。

医生对玛丽说："这种昏迷的状态还不知道要持续多久，而且我们现在还不能完全确定他的大脑究竟遭受了多大程度的伤害。这一切只能等他苏醒之后才能了解。"

玛丽急得都快哭了，但医生很明显地误解了她的眼泪，仍在不断地安慰："没关系，我见过很多伤得比这还要厉害的人，他们最终都康复过来了，所以，你千万不要半途放弃啊，博尔太太。"

听完这番话，玛丽的身体不由自主地哆嗦了一下，医生立即示意护士把玛丽搀扶到边上好好休息。医生小声对护士说："初期，探望时间只能有 10 分钟。"说完，医生就走出了病房。

从这一刻起，玛丽每天几乎都过着类似的生活。她日复一日地坐在哈利的床边，允许陪护的时间也从最开始的 10 分钟日益延长到几个小时。陪护时间一旦结束，她就以最快的速度赶回家，然后搜查家中的信箱，坐在电话机旁等待电话，最后以恍惚的睡眠撑到第二天天亮。

她每天都在焦急地等待着，一方面等待着哈利赶紧死去，另一方面等待着博尔给她新的消息。连日来的焦虑让她的体重迅速下降了 10 磅，脸色也变得憔悴苍白。看着玛丽的这番容貌，护士小姐真为她捏了一把汗，让她有时间就多去休息。

玛丽谢绝了护士的好意："当他醒来的时候，我一定要在他身边。"

时间就这样过了几天，人们对大本公司百万劫案的关注度也日益下降，报纸的头条也不再刊登相关的新闻，只能在边角部分表明这个案件还在缓慢地进展着，不过，案件相关的线索都已消失得差不多了。

在哈利动完手术的第七天，玛丽像往常一样走进病房。她意外地发现，病床边围着很多护士和医生，他们都低着头，看着床上躺着的那个人。

一个念头瞬间从玛丽的头脑中闪过：哈利死了！

可是，很快她的头脑中又涌出第二个念头：他醒了，甚至能开口说话了！

医生看到玛丽进来，便示意她来到病床边："博尔太太，你先生的身体状况今天有了很明显的好转，虽然他还没有醒，但是他在几分钟之前睁开了眼睛，我们对他做了几项相关的测试实验，他都有反应。尽管他现在的身体非常虚弱，仍然处在危险期，不过你放心，我们有信心将他从死神那儿带回来。"

看着床上的哈利，玛丽的两眼简直能够喷出火来。

"尽管我们仍然不确定大脑的伤势，但是没关系的，哪怕受了重伤，他也是有可能完全康复的，只是这个过程比较耗时间罢了，至于脸嘛，"医生安慰性地笑了笑，接着说，"也没太大关系，以后整个容就可以了。"玛丽斜靠在椅子的扶手上，感觉腿有点站不太稳，医生见状拍了拍玛丽的手："我就知道这条消息能让你彻底放心，我建议你更多地留在医院，多陪他说说话，他可能记不住你说的话，但你的声音也许能有助于他的苏醒。"

对于医生的建议，她必须服从。玛丽坐在床边，握住他的手，和他进行着简单的对话："博尔，你醒了吗？我们现在在医院里，你前一段时间发生了车祸，受了点伤，不过没有关系，有医生和护士的帮忙，你会很快好起来的，我也会一直在你的身边陪着你，你只要睁开眼，就能看见我坐在你的身旁。”玛丽的举动，让站在一旁的护士感动不已。

能够很明显地感到，哈利的脸色比之前好太多了，而且脸上的表情也不再僵硬了，他的嘴角也时不时地微微动一下。

护士小姐看见这一幕，非常激动，连忙说：“博尔太太，他能听见你的声音，你看，他在笑呢！”

“博尔，”玛丽连忙喊着，“我是玛丽啊，你醒了吗？你能听见我说的话吗？”

玛丽觉得被握着的那只手微微动了一下，而后又没有什么反应了。不过，哈利的呼吸确实比之前平稳了许多，也没有起初那么吃力了。玛丽一直坐在床边对着哈利发呆，以至于没有注意到病房中来了一位陌生人，他是莫克警官的一位手下。他示意玛丽回警局接受调查。

此时的玛丽并不害怕，却非常烦躁。她非常清楚，自己不能冒险行事。一旦哈利完全康复，而且头部没有受伤，那么她将陷入极大的危险之中。所以，她暗自下定决心，一定要在他没有完全苏醒之前杀掉他。她打算等到5点30分，然后抽出他头下的枕头，压在他的脸上，让他窒息而死。随后，再将枕头摆回原位，向护士呼救。毕竟哈利的身体仍然处于极度虚弱之中，随时会出现意外，因伤势复发导致呼吸困难而死，这也是非常可能的。而且通过一段时间的相处，医院里的每一个人都深信他们的爱情非常坚定，不会有人怀疑到她头上。

随后，她极不情愿地跟着警察来到巡逻车上，心中不停地期望自己能够在计划的时间内赶回来，而且哈利最好不要在这之前醒来。

和上次调查一样，莫克警官的语速容易让人产生倦意：“我从医生那里了解到，你丈夫的身体状况有所改善，不过，以他目前的身体状况，可能还无法协助我们进行有效调查。”

玛丽表现得很不耐烦，连忙点头，她希望这样的调查能够早点结束。

“不过，我们需要他，”莫克警官接着说，“我们似乎找到了一点线索。”莫克警官说完后，故意停了下来，以为她会为此说些什么，谁知道玛丽由于内心处于一种极度的急躁状态，根本没注意听莫克警官刚刚说的话。

“我们可能找到了那个搭便车的陌生人，没准，这个人你还认识。”莫克警官补充道。随即，他拿起一沓照片，塞到玛丽的手中，然后接着说：“不过我先提醒你，这些照片可不怎么好看，不过你还是要感谢天气，要不是这么寒冷的温度，你可能看都看不下去。”

玛丽心中满是疑惑：搭便车的陌生人？他们怎么可能找到一个根本就不存在的人？她以一种极度疑惑的眼神看着莫克警官。

“是这样的，博尔太太，昨天有几个小孩在当时发生车祸的山脚下玩耍，无意中发现了这个人。我想，他是跟着车子一块儿从山上掉下来的，而且，他应该是从车祸现场爬出来的，一直爬到了不远处的丛林里，鞋底早已结块的泥渍和车祸路边的土样完全一致。当然，还有另外一种可能，他可能是因为踩到泥浆而滑倒，然后被汽车的缓冲板碰了一下，随即被拖下了山崖；也可能他是推汽车的人，不过由于汽车动力，他也被顺带着带了下去。”

说完，莫克警官停了停，然后提高了语速，像是不假思索一般脱口而出："山崖下面的石头非常锋利，他应该死于失血过多，加上那天大雨，现场被冲刷得非常干净，以至于让人察觉不到有人随同跌下了山崖，从而耽误了最佳的救援时机。"

玛丽看了看照片，确实像警官说的那样，不堪入目，虽说博尔凄惨地在山下的丛林里待了6天，但这张脸，玛丽清楚地认得，分明就是博尔的。

视觉的刺激加上连日的操劳让玛丽的胃中不停地翻滚，心中也莫名地涌起了一股怒火。她为博尔最后这个致命错误感到非常生气。不过，她很快地冷静下来，她突然想明白了，现在还不是生气的时候，并且瞬间决定，枕头谋杀计划要立即取消，哈利不能死！

一想到奄奄一息的哈利，玛丽的心中突然惊恐万分。哈利现在是唯一知道钱藏在哪里的人，她必须得想尽一切办法得到确切的答案。如果护士与医生一直陪护在哈利身边，她的这个目的就不可能达到。并且，如果他醒来之后知道是博尔要杀掉他，他也一定不会透露巨款的埋藏地点。不过，玛丽坚信，这一切最终都能通过时间来解决，而且她知道，哈利对她一直心存好感，没准现在能好好地利用这一点。

玛丽从来没有如此想立刻赶回医院过。然而，莫克警官仍旧在不紧不慢地说话："博尔太太，现在州警察和汉密尔顿的城市警察都参与到这个案件的调查之中，要知道，我们在这个搭便车的人的钱袋中发现了差不多10000元现金。他把钱袋塞在腰带里，但他的皮夹中没有什么证件。身上携带的那些现金，大多都是成捆成捆地放着，而且上面的日期恰好与大本公司劫案发生的日期吻合。”

说到这，莫克警官终于停了下来，若有所思地打量着玛丽：“其实，我们非常确定，这个人就是大本公司劫案的其中一名歹徒，这可不是一个小的案子啊，100万美元呢。”警官看了看玛丽，接着说：“博尔太太，我们非常怀疑，你是否认识照片上的这个人？”

玛丽看着照片，内心波澜涌动，但面部表情丝毫没有发生变化，坚定地说：“我根本就不认识他。”

警官长叹了一口气：“唉……其实你大可以说实话的。今天早上，中心中学的校长在看到这张照片的时候，毫不犹豫地指认，这个人就是你的丈夫——博尔。”

她似乎还想开口辩解什么，不过感觉喉咙里像被什么东西卡着，根本发不出声。

“你应该勇敢地进行指认，”莫克警官再次劝告玛丽，“这也许能让陪审团相信，你把医院的人称为你的丈夫，只是一个诚实的错误而已，毕竟，你对于犯罪的事情并不清楚，而我们也会继续找人对另一个从犯进行指认。事实上，我们也许知道这个从犯是谁了，等他康复过来，我们就可以将他提审。”

说完，莫克警官意味深长地盯着眼前这名妇女：“或许，他们因为某些事情起了争执，当然，也有另外一种可能，那就是，这场车祸从头到尾都是你丈夫事先安排好的。”

玛丽低头陷入沉默之中，而此时，莫克警官的声音开始变得轻松起来：“博尔太太，你丈夫的同谋暂时还无法说话，但你是可以发言的，事已至此，你为什么还在这兜圈子，为什么不给我们节省点时间，痛痛快快地告诉我们躺在床上的人到底是谁，这个案子的经过到底是怎样的？”说完，莫克警官的语气瞬间变得严厉起来，略带恼怒地补充了一句：“不过，我想提醒你一句，你在回答我上述问题之前，你有权聘请一位辩护律师。”

“我不要什么律师，这件劫案从头到尾我根本就不知情。”玛丽逼着自己说出了这句话。

“哦，原来是这样，博尔太太，我还想告诉你一件事情，除了钱，我们还找到了另一样小东西，它藏在你先生的皮夹里，是一张小而详细的手绘地图，上面清楚地记载了你可以去什么地方提取现金，关键是，地图的背面还有留给你的字句，最后还签着‘博尔’的名字，这一切非常清楚地指明你也是大本劫案的同谋之一。”

听到这番话，玛丽瞬间就瘫软了。不过，莫克警官并没有停止叙述：“哪怕是医院里躺着的那位永远开不了口，你也逃不了嫌疑。顺便告诉你一件事情，我们已经通过这张地图，找到了丢失的那 100 万美元。”

莫克警官降低了声音，面露一丝微笑，非常和蔼地说：“博尔太太，我想，你还是去请一位律师吧，我觉得你此时真的很需要一位律师。”

优秀员工

安杰尔从来不觉得自己说的话哪里奇怪。

他对韦尔说："你这样做，就是在帮我的忙啊！"

"安杰尔先生，你是在开玩笑吗？你让我去勾引你的太太！"那个叫韦尔的职员疑惑地问。

"韦尔，我刚刚已经跟你解释过，我妻子觉得内心寂寞孤独，你要知道，像她那个年龄的女人很容易出现这种问题，我敢保证，你只要同她交往一段时间，她就会重新回到我的怀抱之中，为了我的夫妻感情，你就帮帮我吧。"

韦尔仍旧不放心，继续追问："可是……要是我跟她交往之后，她还是不愿意回到你身边呢？我想说的是，也许她和我交往一段时间之后，她不打算再和你生活在一起了，你又该怎么办呢？安杰尔先生，这种情况还是有可能出现的吧？"

安杰尔信誓旦旦地说："我愿意为此冒险，除了这条路，我也想不到其他方法了。"

韦尔用眼角的余光瞟了一眼办公桌上的照片，流露出一副非常轻蔑自负的表情，然后问道："安杰尔先生，我不太中意你夫人这种类型的女人。我为什么要对一个年龄与我母亲相当的女人产生好感呢？我能够从中获得什么？"

"这可能直接影响到你在公司的升职问题。"

"什么？"

安杰尔看着韦尔，露出一副势在必得的样子："当然，你知道的，就在下个星期，公司要召开董事会，商讨究竟是由你还是菲利来接替我的董事职位。毕竟，我也到该退休的年纪了，你应该知道我说一句话，在董事会有怎样的分量吧。”

说完，安杰尔从座位上站起身来，走到窗前，向窗外望去。高大的烟囱正在向外排放着滚滚的浓烟，大气的厂房依次排开，宽敞的停车场里不断有小车出入，整个厂区呈现出一片繁荣的景象。当他回过身时，发现韦尔正在试坐他的真皮老板座椅。安杰尔会心地笑了笑，一切都如自己设想的那样。

“韦尔，我的桌上有张便条，上面留有我的住宅电话。我的妻子此刻正一个人寂寞地坐在屋里，等着一个男人将她唤醒，当然，这个男人不是我。”

韦尔拿起便条，犹豫了一会儿。

“看来，我得让菲利来办这件事情了。”安杰尔皱起眉头，言语间透露出一丝生气。

韦尔见状，立刻拿起桌上的电话，拨通了安杰尔家的电话，脸上的犹豫也瞬间烟消云散了。

电话很快就通了。

“安杰尔太太吗？你好，我叫韦尔，是安杰尔先生办公室的一名职员。”

他仔细听着安杰尔太太的电话，然后很自然地往后靠，把两只脚搭在了办公桌上，并不断地向自己的上司眨眼睛。

“不不不，我们从来没有见过面……可是我在公司见过你……是的……我可以直呼你的名字吗？”随后，他的声音很快就低了下来，两人似乎在进行耳际边的呢喃，但没过多久，他又哈哈大笑起来。韦尔随手拿起桌上的照片，仔细端详着电话那头的安杰尔太太，深情地说："哦，艾丽斯，我的宝贝儿，要是我现在就陪在你的身边该多好啊……"随后，韦尔再次压低了声音，声音小到安杰尔几乎都听不见他在说什么。

最后，韦尔放下了电话，但没有放下手中的照片。"其实，她还是挺好看的，我说真的，这照片是什么时候拍的？"

"没多久，就是最近拍的。"安杰尔回答。

"真的吗？不过没关系，过不了多久，我就能一睹芳容了，安杰尔先生，首先还是得征求你的同意，我打算在今晚 9 点约见你的夫人，这也是其中的一项条件。"韦尔起身走向门口，然后又回过头看了看，再次确认道，"安杰尔先生，你确定要这么做吗？"

"是的，韦尔。这是我家的钥匙，你拿好了，赶紧去吧，我想，今晚家里应该只有我妻子一个人，估计她会把仆人也支走的。"

"好的，安杰尔先生，谢谢你，今天的经历会让我永生难忘的。"韦尔抿了抿嘴，开心地对安杰尔说。

"我也一样，韦尔。"

当天晚上，安杰尔特地前往俱乐部享用晚餐，而后又邀请了一些朋友出去打桌球，打完之后，他们坐在一起谈天说地。就这样，安杰尔一直待到晚上 9 点，才让司机开车送自己回家。

事情的发展也按照他计划的那样进行着。此时，他刚好抵达家门口，发现街道上停着几辆警车和一辆救护车，一些身穿白色衣服的工作人员正用担架抬着一个人从他家里走出来。他冲进人群，一把掀开白色的被单，脸上显出一副非常吃惊的样子。

"这是怎么回事？他是我办公室的一名职员，我家发生了什么事情？"

一位身穿警服的警察搀扶着他回到了房间，此时，从房间里跑出来一个身着睡衣的漂亮女子，哭着投入他的怀中。

“安杰尔，这太可怕了，”她一边哭，一边说，“你知道吗，刚才那个人一定把你的钥匙偷走了，他闯入我的房间，他想……我没有答应他，然后我们就扭打在了一起，最后，最后我向他开枪了……”

“太让人意外了，他是我手下的一名职员，我一直认为他非常可靠。”安杰尔说。

一位便衣警察在快速勘察完现场之后，对安杰尔说：“这只是一个正当防卫的案子，麻烦您的夫人在这上面签个字，然后我们就不打扰你们休息了。”

警察很快就离开了，屋子里只剩下安杰尔和他的太太。她起身走到一个柜子前，从里面拿出一个酒瓶和两个杯子。她一边倒酒，一边说：“安杰尔，我说得没错吧，这个方法一定管用，现在你再也不用担心韦尔会抢走你的位置了。”

安杰尔接过酒杯，喝了一口酒。“是的，不过，我的办公室里还有一个非常出色的年轻人，他叫菲利，”安杰尔看了看他的太太，“你再想想，我们要用什么方法干掉他呢？”

失踪的门牙

太阳光透过了厚厚的窗帘，照亮了杜克警官的房间。此时，我们刚好就在这个房间里。我把手枪拔了出来，用枪口对着他那肥硕的腰际。他显然感到非常意外，用一种惊讶的表情看着我。

“罗伯特，你……你这是要干什么？”

“你可以猜猜看，看看我像是在干什么。”

“你……你在开玩笑？”

“老实点，别乱动！”我的眼睛死死地瞪着他，然后说，“杜克，我可没跟你开玩笑，你难道一点儿也猜不出来吗？”

“哥们儿，你别拿那玩意儿对着我……”

“我可不是你哥们儿。”

其实，我心里恨透了他，我恨不得马上就扣动扳机，不过，我也怕因此失去琼。在我看来，他其实心知肚明，所以，我很乐意看到他现在这副惊慌失措的样子。

他紧张地咽了咽口水，眉头紧皱着，嘴巴微微地张开，一颗歪歪的门牙露了出来，看起来那颗牙齿就像要掉下来了一样。他伸手摸了摸那颗牙齿，随后用手轻松地捋了捋头顶上为数不多的几根金发，一双黑色的眼睛紧紧地盯着我看。

“罗伯特，我希望你明确地告诉我，这到底是怎么回事？”

“杜克，我要杀了你。不过，我想问问你，你知道我为什么要杀你吗？”

“我想，你是在开玩笑吧，罗伯特。”他显然没想到我会这么说，露出一副深感意外的表情。不过，他似乎渐渐地明白，我是认真的，我的确是来找他麻烦的。他似乎在努力地回想着什么，看看能不能找到一丝头绪。

“我觉得，你应该知道我为什么过来。”

他的眼睛突然亮了一下，随后突然又变得暗淡了。他的嘴角微微地露出了一丝笑意，那只原本举起来的手很快又放了下来。

“别以为你和琼的事情我不知道，我告诉你，你根本不可能瞒过我的。”我说。

“琼？”他想了很久，然后顿悟道，“哦，原来是这件事……”

“你们的花样耍得可真不少啊。杜克，我明确地告诉你，她是属于我的，你早就应该明白这一点。亏我们一起共事了这么多年，你是知道我的脾气的，不管是谁，只要是把我的情人夺走的人，我都无法原谅。”

“罗伯特，你最好想清楚，琼根本就不是你的太太。她不过是一个小姐而已，她根本就不属于任何人。既然这样，我跟她约会又怎么了，和你有关吗？不过，你很快就会明白的。当然，这些事情，琼很快就会告诉你的。”

“不，她根本没告诉我。不过，现在也无所谓了，杜克，她很快就会彻底地忘记你。”

“罗伯特，”他举起双手，然后向我靠近了一些，“罗伯特，你听我说……”

“站在那儿别动！”

他呆呆地站在那里。那种眼神我能读懂，他现在确信了，我真的不是在跟他开玩笑，不过，他并没有放弃，他还在试图努力，想让我回心转意。

其实，我们虽然一块儿在刑侦科干了6年，不过，他根本就不了解我。他只知道，我是一个说到做到的人。

“你这样做的话，他们会把你抓起来的，罗伯特，你知道的，你不能这么做。何况，我们俩是朋友，而琼只不过是一个毫不相干的女人而已。”他非常认真地说。

“杜克，我现在明确地告诉你，我爱她，她也爱我，我们原本打算结婚的，可是你……你这个破坏者，破坏了我们之间的爱情！”我生气地说道。

“罗伯特，你疯了……”

“我再跟你说一次，我爱她，你听懂了没？”

“罗伯特，对我来说，她不过是一个小姐而已，你……”

“砰……砰……”两声枪响，杜克的嘴张得很大，然后身体向前慢慢地倒了下去。他落地的时候，发出了“啪”的一声，他的下巴重重地磕在了地上。

我用脚将他那庞大的身躯翻了个个儿，然后低下头，仔细地打量着他，那张大嘴里似乎少了点什么。对了，那颗歪歪的门牙哪去了？一定是他刚才倒地的时候，飞入喉管里，然后吞了下去。我注意到，他那一双眼睛起初仍旧非常明亮，然后慢慢地变得呆滞起来。那两枪打的都是死穴，他必死无疑。看着他的尸体，我冷冷地说了一句：“杜克，永别了，你这个坏东西！”

我将枪擦干净之后，扔在了他的尸体旁边，然后从现场离开了。

现在，我的心里轻松多了，心情也好了很多，不过胸口倒是觉得很闷，总觉得提不上气来。这种感觉之前也出现过，但凡我为某件事情特别担心的时候就会这样。可是，现在什么事都过去了，问题也都解决了，我还担心什么呢？

我没有理会那么多，直接去了琼的住处。

打开门的时候，她满脸都是微笑。在知道她和杜克的那些事情之后，我根本就乐不起来。不过，事情已经过去了，她现在只属于我。

“罗伯特，好久不见。”

“是啊，宝贝，我想死你了。”

我们就这样在门口相互打量着对方。尽管我知道，她的确跟杜克私会了，但我仍旧很难说服自己去接受这个事实。

“你今天怎么过来了？”她问。

“哦，我就是路过，然后顺便想来看看你。因为局里的人都知道你在这一块，所以，我跟他们说了，中午说不定会过来吃饭。”

“可是，罗伯特，现在已经过了午饭时间了。”

“嗯，之前忙一些事情去了，我到现在还没来得及吃饭呢。”

“那我先给你做点东西吃吧，想吃三明治吗？”

“没关系的，我现在不是很饿。”

我觉得她真是太迷人了，一头垂肩的金发，心形的面庞，嘴唇非常丰满，一双眼睛水灵灵的，特别动人。她身上那条黄色的小短裙太诱人了，我不由自主地打量着她，怎么看都看不够的样子。在我的心目中，她就是我最重要的人。

平时，她就住在一间小小的画室里，一方面自己可以作画，另一方面可以将别人委托出售的画暂时寄存。

“你跟我来厨房吧。”她说。

我跟着走了进去。正当我准备伸手把她抱在怀里的时候，电话响了。我心里突然觉得非常紧张，难道这么快就暴露了？应该不会是找我的吧……我心里没底，站在那儿显得很不自在。不过，找我也是很自然的事情，毕竟我和杜克走得很近。

“没错没错，他就在这儿呢……”琼的声音从屋里传了过来，“罗伯特，有电话找你！”

我走到电话机旁，紧张地拿起听筒，然后用一种镇定的声音接了电话。电话是亨利警官打来的，他将杜克遇害的事情告诉了我。亨利和我的关系非常好，他也知道我和杜克之间的关系，所以让我来彻查这个案子。

“罗伯特，发生这件事情真的很令人难过。”

“你现在在哪儿？他的公寓吗？”

“没错。”

“好的，我马上过来。”说完，我就挂断了电话，然后用一种非常悲伤的眼神看着琼。

“发生什么事了吗？”她连忙问。

我站在那儿，顿时觉得自己就是一个魔鬼，我起初脑子里一片混乱，不知道该怎么回答，但我很快就冷静下来，然后平静地告诉他：“杜克……杜克遇害了……”

“杜……”她欲言又止，整个人都愣住了，过了很久才说，“你说，杜克……遇害了？”

“是的。”我点了点头。

她的两只手不知道该往哪儿放，不停地拨弄着她身上穿着的那条裙子，两只眼睛陷入了一片茫然之中。“那么……他们让你现在过去办案？”她问。

“是啊……”我懒洋洋地回答。

她原本还想再说些什么，但最终什么都没说，我看到这一幕，反而觉得内心非常难受。过了一会儿，她用一种非常清晰的声音对我说："罗伯特，你还是赶紧过去吧，毕竟案子更加重要。"

"嗯。"我点了点头，我心里非常清楚，于情于理，我现在都必须离开这儿。一会儿之后，我就可以表现出内心的那份轻松了，不过，现在我必须装作非常难受的样子。

等我赶到杜克的公寓后，发现大家都在忙碌着。摄影的工作人员在拍照取证，指纹组的工作人员在仔细地提取物品上的完整指纹。我也混入现场的工作人员之中，这里翻翻，那里看看，似乎也在检查着什么。等从杜克的家离开时，天已渐渐暗了下来。

这一天过得可真是漫长。

我转身出门的时候，亨利刚刚走到楼下的走廊里，看到我之后便问："发现什么了吗？"

我耸了耸肩。

"这样吧，晚上我们好好聊聊，怎么样，有空吗？"

"当然，晚上见。"

他走去了电梯间，而我则走到了屋子的外面。我心里一直浮现着这几年和亨利的交情。他那张苍白的脸，外加他那种真挚的眼神，给我留下的永远都是诚实的印象。我和亨利会在每周二的晚上固定聚一聚，因为我们俩都喜欢喝酒，所以我们会在那天喝点小酒。这种日子一晃就是 3 年，通过 3 年的时间我确信了一件事情，亨利的的确确是个好人。

之后，我回到了琼的住所，在那儿，我突然觉得心里非常不舒服。起初，她一个人不停地在说话，在笑，但没过多久，她就开始沉默了，那种沉默非常压抑，我感到很不自在。

她也没有多说什么，只是静静地走到了我坐着的椅子旁边，并且在扶手上坐了下来。她柔软的臀部碰到了我的肩膀，她用一只手不停地抚弄着我的头发，然后说：“罗伯特，现在就只有我们两个人了。”

“嗯，你说得太对了。”

她探过身子，在我的额头上轻轻地吻了一下。我一动不动地坐在那儿，和一块木头一样。正如我想象的那样，所有的事情都会变得顺利起来的。我成功了！

“我一会儿随便去吃点东西，晚上还得去和亨利碰面。今天是星期二。”

“要不我给你做一点儿吧。”

“宝贝，不用那么麻烦了，我随便在马路边买点东西吃就行。”

“但是……我想给你做点儿东西吃。”

“琼，我现在不饿。”

“哦……好吧，罗伯特，我知道了。”

“回头再来找你。”

她没说别的，只是朝我笑了笑，“好吧，我等你。”

我在路边买了一块三明治，是五香牛肉味的。平时我很喜欢吃，但今天怎么也吃不下，顿时觉得非常扫兴，然后就直接去了亨利那儿。

我敲了敲门，是亨利亲自过来开的门。

“你好。”我朝亨利打了个招呼。

“海伦正准备出去看电影，所以等会儿屋里就只有我们两个人了。”

海伦从过道里走了出来。活泼开朗的她，今天穿着一件茶色的外套，她两只手伸到了脖子后面，打算把垂进领子里的头发给拨出来。看到我之后，她热情地说："罗伯特，你好啊，晚上别跟亨利喝太多啊。"

亨利说："我觉得今天晚上喝白酒比较合适。"

"随便你们喝什么，总之别喝醉了。"说完，她在亨利的手臂上亲了一下，然后就出门了。

我们俩一块儿走进了客厅，然后在壁炉旁边的桌子上面对面地坐了下来。

"现在喝吗？"亨利问。

"为什么不呢？"我随即答道。

"今天喝白葡萄酒，怎么样，看起来不错吧？"他一边说，一边举起一个细长的酒瓶。

"嗯，是挺不错的。你从哪儿弄来的？"

"这可是进口货，是最上等的酒呢，我早就等不及想打开了。"

"这样吧，下个星期我请客，亨利，我也弄到了一样好东西，你看到后也一定会大吃一惊的。"

"是吗？那我一定要好好期待一下。"

他往我的杯子里倒满了酒。我们和平时一样，就坐在那里，慢慢地品酒。酒是好酒，但往日那种轻松欢乐的气氛，在今天消失了。

"杜克的案子，你查得怎么样了？"亨利终于忍不住问了。

我点燃了烟斗，然后背靠在椅子上，吸了一口烟，然后说："我觉得，杜克的案子像仇杀，说不定，这是一起由歹徒精心策划过的案子。你知道的，杜克的警惕性并不高，说不定有人敲门，杜克一看，是认识的人，就直接让那个歹徒进去了。对了，你们是怎么发现他被害的？”

“是清洁女工最先发现的，当她发现杜克的时候，杜克刚死不久，可能半个小时，也可能一个小时。”亨利说。

“唉……杜克其实挺惨的，他把那颗大门牙给吞下去了，那颗让他烦心不已的大门牙……”

亨利连忙说：“不，亨利其实没有吞下。罗伯特，我特意查了尸检报告，他的嘴里、喉管处都没有。而且更让我觉得奇怪的是，整间屋子里都没有。”

“亨利，你放心，我一定会将凶手抓到的。直到现在我都不敢相信，杜克居然已经死了……”

“罗伯特，你现在心里的感受，我能够体会得到……”

我没有说话，只是坐在椅子上静静地吸烟。

“对了，你现在和琼过得还好吗？”

“还行吧。”

“罗伯特，杜克的事情先放一边吧。我想跟你谈谈前天发生的一桩怪事。”

“哦，发生什么事情了？”

“有人在钟楼杀了人。”

听到这里，我的兴趣突然来了，于是将身子非常舒服地靠在了椅背上，右腿的脚踝搭在了左腿的膝盖上，并且不停地摇着。就在这个时候，有什么东西落在了地上。但我丝毫没有注意到，只是在问：“亨利，那个案子怎么样？”

但是亨利并没有回答，而是盯着地板看了好久，然后又看了看我，那种眼神非常奇怪。他之后直接蹲了下来，并且用手将地上的那个东西捡了起来，看了很久，然后把它握在了手里，说：

“罗伯特，你……”

见到亨利一直没有答我的话，我也停了下来，仔细地盯着他那握紧的手。

他将握紧的拳头伸开了，手掌心上摆着一个小东西，我仔细看了看，那个小东西居然是杜克的门牙！

“罗伯特，它是从你裤脚的褶子里掉出来的，我亲眼看见的，千真万确！”亨利非常认真地说。

接着，我们俩都没有说话，只是静静地看着对方。亨利从座位上站了起来，将那颗该死的门牙托在了手里。我回想了一下当时的情景，一定是杜克倒下的瞬间，门牙磕到地板上断了之后，直接弹了出来，而且恰巧落在了我裤脚的褶子上。

亨利随后问：“你告诉我，是因为琼吗？”

“嗯。”我也不想多说，只是点了点头。

“嗯，这件事情我知道。罗伯特，我原本以为，你跟杜克之间能够做到有话好说，毕竟你知道的，他就是个那样的人，见到女人就要勾引一下。”

“没错！”我显得很冷静。

亨利叹了口气，然后说：“罗伯特，杜克哪怕真的罪该万死，你也不能做这种事，毕竟这是犯罪啊。你现在赶紧把手枪给我。”

我立即将枪交给了他，然后说：“亨利，你不介意我把酒喝完吧？”

“你喝吧，把那一瓶都喝掉也没问题，反正我现在没有胃口，喝不下。”亨利摇了摇头说。

隐藏的真相

虽说迈克尔这个人平时并不愚钝，而且也不缺乏想象力，但他也绝非那种城府很深，能够不动声色地观察事态变化的人。所以，当他注意到他的妻子最近精神恍惚、行为反常时，便直截了当地开口问她："你是不是有什么心事？"

听到迈克尔这么问，她抬起头，然后一直望着他，那种眼神流露出来的感觉，既不是无动于衷、无可奉告的态度，也不是一片茫然、不知所措的意思。她只是非常平静地看着迈克尔，然后非常平静地说："没有啊，我挺好的，没有遇到什么不顺心的事情。"

迈克尔没有追问，因为他感觉到，她说完这句话之后，整个人似乎轻松了一些。之后来了一通电话，听到电话铃响，她看起来也没有之前那么紧张了，而且和他说话的时候，也不再表现出一副心不在焉的样子了。至少，她现在或多或少算是恢复了正常的状态，整个人的精神状态也比之前好了很多，而且言行举止都恪守妇道。

"或多或少"这个评价，是迈克尔特地补充上的，他一直认为自己是个善于分析问题的人，特别是和他的妻子相比时，这种优越感就变得更加明显。毕竟，他们俩之间的年龄差距太大了。

转眼间，几个星期过去了，日子也过得非常平淡，他们俩相处得也非常正常。尽管有的时候，他的妻子表现出一副心不在焉、魂不守舍的样子，但他对此仍旧非常满意。不管怎样，他的妻子自始至终没有做过什么背叛他的事情，所以他也就大度地包容了这一切，并且再也没有提过类似的事情。

迈克尔做生意的时候，经常需要出差，只要路途不是特别远，他就会选择坐长途汽车，在他看来，在一个陌生的地方寻找车位是一件痛苦的事。

一天下午，迈克尔提前离开了办公室，和平时相比足足提前了半个小时。他坐在回城的长途巴士上，眼睛望着窗外。他突然发现，他停在家里的那辆小汽车居然正慢慢地从巴士旁边超车，车里坐着的人正是他的妻子，妻子此时正板着脸，手握着方向盘，而且她的身边还坐着一名男子！这种场面着实让他大吃一惊，因为她根本就不会开车！此时，他瞪大眼睛，仔细地朝车里看了看，他的妻子正跟副驾上的那名男子交谈着什么。两辆车一度平行行驶着，他敢肯定，那个女人，正是他的妻子，但是旁边那个男人，他并不认识。正当他的妻子准备转头时，长途巴士朝左边拐了一个弯，两辆车分开了。这个意外的相遇算是暂时告一段落了，但是整件事情才刚刚开始。

迈克尔坐在车里，皱着眉头，陷入了沉思：结婚3年了，他之前多次教她开车，但她只要一坐上车，浑身就会紧张不安，动作变得僵硬迟缓，整个脸看上去毫无血色，这让迈克尔根本没有办法继续往下教。迈克尔之前有几次都想发火：这么简单的事情，她怎么就学不会呢？经过几次的失败之后，他最终放弃了，并且反过来自我安慰道：虽然她太紧张，开不了车，但这样一来，她也更加安全。

尽管这样，他偶尔还是会为此烦恼不已，要是她会开车，就能每天早上跟其他家庭主妇一样，把自己的男人送到车站，然后到下班的时候，再把他接回家。这种待遇，他享受不到，而且每天要默默地承受挤公交的痛苦。

此时，一个巨大的疑问浮现在迈克尔的心中：不管她什么时候学会的开车，不论是早就会开，还是最近刚学会的，她为什么要隐瞒呢？

他转念一想，结婚之前，他其实就不太了解她。当时，她在迈克尔常去的一家公司当前台接待，由于每次都要打招呼，渐渐地，两个人变得熟悉了起来。随后，两个人的感情越来越好，变成朋友，而后又超过了朋友。最后，迈克尔发现，自己居然爱上了她。当然，她也有这种感觉，而且是她主动提出的，年龄不是问题，于是两个人就顺理成章地走到了一起，成了夫妻。但现在呢？一想到这儿，迈克尔的脑子里就满是疑惑。

回到家后，最开始的时候，他觉得如果直截了当地问她，或许她会不知所措，也许会将实情一五一十地告诉他。不过他转念一想，他的妻子很有可能会对他撒谎，这样一来，事情也许就变得更加复杂了。经过再三考虑，尽管非常疑惑，迈克尔仍旧决定暂时不将亲眼看见她驾驶汽车的这件事情告诉她。

然而，之后的一天晚上，他在跟妻子聊天的过程中不经意地问了一个问题："亲爱的，今天有没有遇到什么有趣的事情？"

"嗯……没什么，就是去了一趟购物中心。"

"哦？"迈克尔用一种疑问的语气问道，而且内心似乎变得轻松了一些。

"你这一声'哦'是要表达什么意思？还是说，你对于我去购物中心的整个过程中发生的所有细枝末节都感到非常好奇？"

迈克尔对于她的这个回答毫无心理准备，不免暗暗地吃了一惊，但是，她的脸上洋溢着一种淡淡的微笑。

“女人一般会习惯性地在结婚周年的时候买些东西。”眼见迈克尔没说话，她便用一种温柔的声音打破沉默的氛围，然后继续温柔地问道：“你今天做了些什么呢？”那种感觉，好像她真的很想知道一样。

不过，她说得没错，结婚纪念日的确很近了，他还特地为她准备了一份礼物。换成以前，他可能会送一枚昂贵的钻戒，但最近发生的事情让他打消了这个念头。尽管其他的事情，她或许都能找到一些听起来让人觉得很舒服的借口，也不排除其中夹杂着迈克尔的误会，但开车的这件事情要怎么解释呢？

接下来的几天时间里，迈克尔一直在琢磨这件事情，并且制订了一套简易的计划。

就在结婚纪念日的前夜，迈克尔对她说：“亲爱的，我们晚上去乡村俱乐部吃饭吧。”

听到这个消息，她显得非常高兴，而且在赶往俱乐部的途中，她坐在汽车的副驾上，神态显得非常轻松而愉快。

俱乐部位于郊区，距离市区有些距离。那天晚上夜色很黑，沿途也少有行人车辆经过。车子开到半路上的时候，迈克尔突然踩了一脚刹车，然后车子便停了下来。他浑身无力地瘫坐在驾驶室的位置上，无法动弹。

“迈克尔？”妻子看了看他，然后问，“你怎么啦？不舒服吗？”

“我也不知道，只觉得非常不舒服，可能是心脏出了什么问题吧，我现在浑身没有力气。”他的声音听起来有些虚弱。

她坐在副驾上，看着眼前的迈克尔，似乎显得非常吃惊。然后有些紧张地说：“迈克尔，你先别紧张，俱乐部里面有医生，我会把你安全地送到那儿的！”

说完，她便把迈克尔从驾驶室的位置扶到了副驾上，然后熟练地开着车，全速朝俱乐部驶去。

过了一会儿之后，他便坐直了身体，然后对她说：“我好像好一点儿了，现在头也没有刚才那么晕了。”

她松了一口气，然后说：“迈克尔，你真是吓到我了。不过，你还是要去看看医生，这样的身体状况可不行。”

“没什么大问题的，我现在应该好了，等明天再说吧。”

她没有再说什么，两只眼睛一直盯着前方，手握方向盘，专心地开着车，只是神情看上去稍微有些紧张。

等车子开到俱乐部的时候，他看起来跟平时没什么两样了。恰好俱乐部里没有医生，而迈克尔又执意先吃饭，等明天再找医生看病。她最终拗不过他，只能按他说的做。但是，这场猫捉老鼠的游戏，迈克尔最终还是失败了。

“亲爱的，你真是太勇敢了，不过，你没有驾照，你有可能因为非法驾车被起诉啊。”迈克尔说这番话的时候显得有些紧张。

她看了看迈克尔，然后微笑着低声说道：“其实，那是我为你准备的惊喜呢！我觉得，你应该会喜欢的。喏！”说着，她将一个信封递到了他的手里。

他感到非常好奇，接过信封后立刻就将它打开了，里面装着一张制作精美的结婚周年贺卡，一枚回形针将贺卡和另一样东西别在一块儿。迈克尔取下来仔细看了看，那是一张新签发的驾照，证件的所有人正是他的妻子。此时，迈克尔满眼流露出的都是好奇的眼神。

“一直以来，我都因为不知道该怎么帮你而苦恼，所以，我就偷偷报了一个驾驶培训班。教我开车的那个教练，人非常不错，非常耐心地手把手教我，对于我犯的一些低级错误，也总是不厌其烦地为我指正。迈克尔，后面我想通了一件事，我觉得，做丈夫的最好不要教自己的妻子开车。”

此时，迈克尔觉得他的妻子简直说得太好了，想当初教她开车的时候，他简直都快被气炸了。

然而，转过来一想，他又觉得满心愧疚，他开始为他那卑劣的行为、龌龊的想法而自责。看到他的妻子，此时，他的心里只有满满的愧疚，并且在不停地琢磨，他到底该怎样做，才能弥补心中的这份愧疚。

趁着她去洗手间的空隙，迈克尔让自己冷静了下来，逐个地思考补偿她的方法：要不买一辆小跑车送给她，或者带她去周游世界？要不送她一套珍贵的手镯或者钻戒？不管他想出来的东西有多么昂贵，但他总觉得无法弥补内心的这份歉意。他现在心中只牵挂着一件事，以后再也不会对她这般多疑了。

迈克尔的妻子到洗手间后打了一通简短的电话。

“彼得吗？我说的没错，上次我们去购物中心的时候，他的确是撞见我们了，所以，事情必须在今天晚上的时候搞定。”她问。

“老地方吗？”

“没错。”

“好的，那我们怎么碰面？”

“按计划来，车头灯闪两次。”

“看起来，你对这个计划很有信心啊。”

“那当然，亲爱的，我已经告诉过你了。”

“再见。”

至于那个老地方，则是距离这个俱乐部两公里的一处悬崖。她将开车把迈克尔送回家，等快接近那个地方时，她就从车里跳出来，然后任凭汽车冲破护栏，从悬崖上掉下去。

正当防卫

报纸上几乎没有多少关于双石事件的消息，对此，我并不感到意外，相对于某位影星遭到枪击一类的重磅新闻，这种事情真的算不上什么。不过，话说回来，整个案子的构架还是非常巧妙的，至少警方直到现在也没有发现，它居然是一桩谋杀案。

我虽然是沙利的情人，但在很长的一段时间里，我对于他的行动计划却一无所知。不过，他经常对我说一句话："黛黛，要是我们将老雷蒙悄悄干掉的话，店铺就归我一个人所有了，钱也不用分出去了。啊，这该是一件多么美好的事情啊！"

沙利提到的那个"老雷蒙"，其实是双石店铺的股东，平时总是听沙利这么叫，弄得我以为那个人真的很老一样，可当我第一次见到"老雷蒙"的时候，不禁大吃一惊，他其实一点儿也不老，年纪看上去跟沙利差不多，之所以那么叫，纯粹是沙利的习惯性叫法。雷蒙的那双眼睛乌黑发亮，看上去炯炯有神。

雷蒙第一次见到我的时候，也表现出了一种惊讶的表情，对我那头金色的头发更是大加赞叹，直夸好看。但是，沙利从来没有这么跟我说过，他好像根本就不在乎一样，以至于我将头发剪掉这么明显的事情，他也当作没看见，好像什么都没发生一样。

沙利这个人，身体瘦瘦的，不怎么动脑子，而且有时会显得有些神经质。他平时最大的爱好就是赌马，但基本上没赢过钱。

不过，事情总要分两面来看，跟他出入那些夜总会、奢华餐厅以及赛马场，也算得上是一种生活的享受。

在还没认识沙利的时候，我可以说，财富这个词跟我就没有什么太大的关系，而漂亮衣服、首饰这种东西更是不敢奢望，尽管对于一个女孩子来说，它们都是必需品。不过，当我认识他以后，我的生活状况发生了很大的转变，衣服和珠宝首饰已经算不上什么了，他还给我准备了一栋非常豪华的公寓，从那以后，他每天都住在那栋房子里，跟我一块儿生活。

和正常人一样，他也会有情绪低落的时候。好在，只要遇到不顺心的事情，他都会跟我倾诉。渐渐地，我留意到，那些不顺心的事情，大多与雷蒙有关。他们俩原本是很好的合作伙伴，但在业务扩展方面，雷蒙对他构成了强大的阻力。雷蒙是个保守的人，对于业务拓展方面持有一种谨慎的态度，相对而言，沙利则积极主动得多，资本有多少，他的生意就敢做多大。

最开始的时候，他们合力经营的那家店铺，生意可以说是非常红火，店里每天进出的货物也渐渐多了起来，业务最鼎盛的时期，他们还聘用了两名店员来料理店内的事务。小店的后面有一个储藏室，还有两间办公室。

店铺有一个卸货用的铁门，由于铁门外的那条小巷一般不会有人进去，这扇铁门最多就是用一条铁闩从里面闩住，从来没有给它上过锁。

有好几次，我刚刚走到店门口，就听到沙利和雷蒙在店里吵架，大多是因为投资额度的问题。沙利总是责怪雷蒙将钱看得太重，以至于丢失了很多机会，而雷蒙则认为，谨慎一点对于店铺的发展更为有利。

往往等我走进店里之后，我的衣着服饰总能引起雷蒙的注意，而且他从不吝惜赞美之词，有的时候，我还能感觉到，他的视线会在我的身上来回游走，眼睛中流露出来的那种神态，分明是对美丽事物的一种欣赏。这是年轻人才会有的习惯，可是沙利从来没有表现出来过，真是想不通，雷蒙到底比沙利“老”在哪儿了。

鉴于他们常常吵得不可开交，我也就这个问题问过沙利，既然合作得这么不愉快，为什么还要继续合作下去呢？然而沙利告诉我的理由是，如果一旦和雷蒙的合作发生破裂，他们双方都要承受经济损失，这是得不偿失的事情。可是，沙利如果喝醉酒，他那滔滔不绝的话语中基本上就只涵盖一个主题：如果老雷蒙不再插手的话，这桩生意就好做了。

类似这样的话，我已经不知道听了多少遍了，后面他再一次这样说时，我向他阐述了我的看法：“其实，我觉得雷蒙这个人挺好的……”

听到我的这番话，沙利便表现出了一种极度的不认同，并且用一种近乎咆哮的语气对我吼着，数落着雷蒙的诸多不是。比如每天一早就来到了店里，不管拆什么样的信件都面无表情，中途一旦有人离开，或者不小心将他平时用的铅笔放到了其他的地方……这些小的事情，雷蒙都会看在眼里。

一般情况下，沙利只要对雷蒙心有不满，就会大声地数落出来，但有一天晚上，沙利的表现明显有些反常，他安安静静地坐在桌子上，用笔在一张纸上记录着什么，这让我感到非常奇怪。我问他，他也不告诉我原因，只是跟我说：“老雷蒙每个星期五的晚上都会留下来加班，而且工作到很晚，我打算将最近的账簿整理一下。”

这个理由，他已经跟我讲过无数次了，我甚至怀疑他有点记忆力丧失，因为类似于抱怨雷蒙是如何整理货物的这种问题，他总是反反复复地讲，好像完全不记得自己曾经说过一样。

雷蒙非常吝啬，这句评价总是挂在沙利的嘴边，但事实上，沙利并不见得比雷蒙慷慨多少。穿衣服、住公寓这一类的事情，他能够保证我的基本花销，但在其他方面，他绝对不会超支，哪怕是多一块钱。再就是保证我的一日三餐，保证我的酒水饮料。他每个月都会把要给我的现金装在一只中国陶瓷花瓶里，然后强调，这里面装的是房租。这一点上，他非常实诚，因为里面的钱交了房租之后，一个子儿都不会剩下。类似于存私房钱这种小事，在沙利的严加看管下，居然都成了一种奢求，因为当下的物价水平他比谁都清楚。

每当他转身离开之后，我就会将花瓶里面的钱倒出来数一数，看看他这次会不会多遗漏几张钞票在里面。然而，这种好事从来都没有发生过。

每天，我都能听到他说同样的话：“老雷蒙！那个该死的东西！我一定要干掉他！”这句话，他一连说了好几个月，以至于后来有几天没说，我居然都有些不习惯了。而当我看到沙利时，他看上去有些心不在焉，心中似乎堆满了杂七杂八的事情。

又过了几天，我意外地在沙利的大衣口袋中发现了一个新东西，那是一把精致的手枪，做工非常精细，枪柄上镶嵌了一颗珍珠，而且整把枪的外壳上还镀了一层镍。我只是用眼睛看了看，手根本就没有碰过，更没有向沙利提起过这件事情。

之后，沙利让我去筹划一件事情，星期五的晚上，他想举办一个舞会招待客人。原来如此，怪不得这个月装在瓷器里的钱要多一些。这是一件再普通不过的事情，但我知道他的意图是什么，所以顺口问了一句，雷蒙是否也会参加。听到这里，他并没有多说什么，只是在那儿大笑个不停。到最后的时候，他才跟我说了一句话："雷蒙是不会来的，对于除了他自己举办的宴会，他统统不感兴趣。"

过了一会儿之后，他最终敲定了参加宴会的人员名单，我仔细看了看，里面基本上涵盖了城里的每一个酒鬼，而且还包括了他自己。他的意图已经非常明显了，所谓的宴会，不过是他精心设计的一个不在场证明而已。这里距离他和雷蒙经营的那家商店并不远，开车的话只要 10 分钟。

渐渐地，我发现了越来越多的细节，由这些细节，我一方面可以知道，沙利的计划大概要如何进行，而另一方面我也知道，原来沙利这个人真的是无比狡猾。案发之后，我通过警方拍摄的现场照片，发现了更多其他的细节：沙利试图通过这个计划干扰警方的判断，造成歹徒从后门潜入店内的错觉。以往，后门的门闩都会被楔子楔住，但是星期五的那天晚上，他将楔子取了下来。而且，他平时开的那辆汽车此时正在巷子里停着，车头朝外，似乎准备在得手以后，直接逃跑。

过了两天，警方来到了我的公寓，并且将沙利死亡的真实情况告诉了我。原来，周五晚上，沙利试图刺杀与他一块经营店铺的雷蒙，没想到，这个计划被雷蒙识破了。沙利当时站在门外，将尖刀从门缝里穿了进来，然后慢慢地将门闩挑了起来。然而，等门打开了之后，沙利中弹了。开枪的正是雷蒙，子弹直接穿过了沙利的心脏，沙利当即就倒在了地上。

就在这时，雷蒙刚好也来到了我的家里，看到警方在说周五案子的事情，他便向我解释道："我当时正好在店里，后门一直在不停地响。我的第一个反应就是，有人潜进来了。不过，门口那一带的光线非常差，我根本就看不清到底是谁，但是我的第一反应是，贼进来了。"

"唉，他也真是的……"我随口说了一句。

"反正，警方查看过现场之后，告诉我说，沙利当时手里也拿着一把枪。这件事情发生之后，还有很多人向警方举报，说沙利准备将我除掉。"雷蒙的语气显得非常淡定。

雷蒙说的都是事实，所以我表示认同地点了点头。

雷蒙说："还好你事先告诉我了，否则，这会儿躺在地狱里的人就是我了。"

我微微一笑，然后说："你可别这么说，现在，公司由我们俩来管理，我也希望，你能对我好一点儿，可别像沙利那样。"

该死的人是你

玛丽已经有50岁了，但整个人看起来仍然很年轻，显得娇小美丽。一天晚上，她一个人坐在客厅的沙发上，一边看着惊悚的恐怖片，一边涂着指甲油。

正当她要为指甲油瓶盖上盖子时，她的身子不由自主地颤抖起来。原来电视里的女主人公此时正独自走在一条伸手不见五指的黑暗胡同之中，漆黑的夜色下，正躲藏着杀死她父亲的凶手。阴森森的画面搭配上令人毛骨悚然的恐怖旋律，看到这里，玛丽已经快承受不住了，手指不自觉地伸到了嘴里。她甚至忘记了，自己刚刚在手指上涂抹了指甲油。此时的她，估计比屏幕里的女人更加紧张，玛丽迫切地希望那个女人能够转身逃脱。不过，一切都太迟了，那个黑色的身影快速地靠近女人，然后扑向她，女人随即发出惊恐的尖叫声。就在这时，突然响起了枪声，凶手应声倒地，只见警车的车灯照亮了漆黑的胡同，地上躺着一个人，嘴里还在喃喃地说着临终前的独白。此时的女主人公趴在一个年轻警察的肩膀上，仍旧惊魂不定。片尾的音乐开始响起，屏幕上的影像也渐渐淡去，整个屏幕被广告占据。

玛丽突然松了口气，她关掉电视，看着刚刚被自己弄坏的指甲，决定重新再补一遍指甲油。不过，电视虽然关了，但熟悉的声音并没有停止。古老的屋子里仍旧有怪异的声音，楼梯口那座旧的钟摆在不断地发出沉闷的嘀嗒声，地下室的火炉可能因为受冷而发出噼啪的收缩声，风摇曳着树枝在楼上的窗户上发出沙沙的响声，厨房和餐厅的木质地板还发出吱吱的声音……

顿时，玛丽的全身都僵住了。其他的声音也就罢了，但地板是永远不可能自己发出声音的，这说明，地板上一定站着人。

厨房门！玛丽心中大惊，她刚刚出门的时候忘记把后门上锁了！她为自己的粗心大意感到懊恼，此时，地板上再次传来咯吱咯吱的声响，玛丽此时心里害怕到了极点。

她战战兢兢地挪到电话机旁边，打算打电话报警。就在她准备伸手拿起听筒的时候，餐厅的门“吱”的一声开了，从门的方向传来了一声非常刺耳的声音：“不想死就给我把电话放下！”

玛丽立即转过身来，谁知迎接她的是一阵疯狂的笑声。“亲爱的玛丽，”门口的那个人笑个不停，“如果你刚刚看到了自己的表情，我估计你也会乐疯了的！”

玛丽的脸色突然变得苍白不已，她瞬间瘫坐在电话机旁边的椅子上，全身还在不停地哆嗦。看到眼前的情景，突然闯入的这个人立即收住了笑声。

“玛丽，看来我真的吓到你了，实在是对不起啊，我不是有意的，我只是想提醒你注意安全，要记得锁门。你还记得上星期利普顿的那个女人吗？她就是因为忘记锁门而让坏人进入家中，使自己丧命的。”这位不速之客边说边走进餐厅，为玛丽倒了一小杯甜酒压惊。

这个人名叫卡莱，是一个50多岁的女人，虽然与玛丽年纪相仿，但看起来比玛丽要苍老得多。玛丽长着一头金发，发质柔软而富有光泽，她也很注重打扮，衣着精致，给人一种舒心的感觉。相比之下，卡莱就糟透了，她的头发像枯草一样干涩，衣裳的颜色虽然鲜艳，但也将她腿粗臀肥的身体缺陷暴露无遗。

“其实，我只想亲口告诉你，要想进入你这间空落的房子是一件多么容易的事情，”卡莱看见玛丽的神色变得正常之后，语气也就变得理直气壮起来，“要知道，像我这样进来的可能就是一个凶手，甚至是更坏的坏蛋。”

听到这里，玛丽显得有些不服气，说道：“这几个月以来，我可就只有这一次忘了锁门。”

“亲爱的，不怕一万，就怕万一啊，有一次，你就完了！”卡莱皱着眉头，她的言语中流露出几分担忧。这种神态，简直和她的弟弟亨利完全相同。虽说亨利过世已经有10年，而且他和他姐姐卡莱基本上没有什么相似的地方，不过，每当玛丽想起亨利那亲切的脸庞，内心的潮水就会上下涌动，并且表现出一种非常痛苦的失落感。

玛丽整理了一下情绪，一方面，她想告诉卡莱，她已经恢复正常；另一方面，她不想在卡莱的面前展现这种状态。不过，在她的脑海中，亨利的面容仍然会时不时地浮现出来，而这个时候，她会不由得缅怀那段已经永远失去的纯洁爱情。

她和亨利之间的爱情显得非常老套，换言之，中年人的爱情可能都是这样的。由于家庭的影响，父亲对于自由恋爱的干涉，玛丽不敢向心仪的男孩子表达爱意，使得自己的美好青春被白白浪费，最终成为一名老姑娘。亨利的情况也大致相同，由于非常羞涩，他只能将自己全身心地投入银行资产与信托的工作业务之中，除了努力工作，他不敢有其他非分之想，也正因为如此，亨利很快被提拔为公司的经理。

一段时间之后，玛丽的父亲去世了，亨利指导玛丽如何处理棘手的遗产纠纷问题。最开始的时候，玛丽经常会给银行的亨利打电话进行咨询，亨利对她也是知无不言、倾力相助。没过多久，亨利便主动给玛丽打电话，会和她聊一些业务之外的话题。由于年龄的增长，他们年轻时的那份畏缩与怯懦已经不复存在，他们终于开始自己的恋爱了。

“我要一杯甜酒。”卡莱的一句话，把玛丽从回忆拉回了现实。卡莱这个人从来就不相信心灵感应这回事，相反，她总是以一种讽刺的口吻告诫玛丽：“一个家庭，要是有一个酒鬼就已经够让人吃不消的了。”

亨利的确有一些弱点，但玛丽对此持一种包容的态度。作为约定，卡莱也从来不会向外人说起亨利酗酒的事情。不过，每当卡莱提到这件事的时候，玛丽总会以泪洗面。她从来没有记恨过亨利，10 年过去了，玛丽心中只惦念着亨利的好。

玛丽将倒好的酒递给卡莱，卡莱用她那肥胖的手指捏着酒杯。玛丽看着眼前的卡莱，心想：“亨利一直都很棒。”虽说卡莱偶尔也会讽刺一下亨利，但更多的时候，她也会心怀感激地提起弟弟的慷慨。这是因为，卡莱的丈夫过世的时候，她自己身上没有一分钱，由于家庭瞬间失去了支柱，她的精神也陷入了崩溃的状态。这个时候，多亏亨利及时出面，将她送到一所高级疗养院进行调养，待她完全康复后，亨利又把她接到家中，过着姐弟俩的生活。

多年以来，卡莱已经将所有的细节都告诉了玛丽。那个时候，在玛丽看来，亨利一方面同情姐姐的不幸，但另一方面也感到有些尴尬，不过玛丽从不多问。因此，亨利的心中也对玛丽怀有一份感激。直到今天，玛丽仍旧清楚地记得，亨利在向她介绍姐姐的情况时，明确地表态，希望她们俩将来能成为好朋友。

她们成为好朋友了吗？玛丽看着卡莱喝下了刚斟满的甜酒，心中对此满是疑惑。的确，卡莱是亨利留存给她的所有，只有和卡莱待在一起的时候，玛丽才能够放心地去找寻过去的那些记忆碎片。

“你真是一个可怜人儿，太幼稚了。”这句话卡莱经常对玛丽说。有的时候，卡莱甚至会不顾及玛丽的感受，对亨利酗酒的事情大肆评论，这使得玛丽非常反感。然而，好在卡莱总能在关键时刻想起亨利曾经救过她一命，于是，关于亨利酗酒的话题便能就此打住，她们俩就会转而对亨利的去世默哀。

这个时候，卡莱放下了手中的酒杯，高兴地从椅子上起身，对玛丽说：“天还没黑，我该回家去了。”

玛丽看着她，脸上露出微笑，“看你说的，好像街上到处游荡着杀人越货的匪徒一样。卡莱，我们这里很安全的。”

“这样的匪徒有一个就够你受的了。”卡莱意味深长地边走边说，走到门口，她停了下来，回过头，告诫玛丽，“记住，一会儿我走了之后，你要记得锁门，包括后门，听见没？”

“卡莱，别这样好吗！”玛丽对卡莱这种高高在上的样子非常反感，“你总是把事情想得非常糟糕！”

“小心一点总归是没有错的。”听见玛丽不耐烦的声音，卡莱显得有些生气，不过转而又向她道歉，“玛丽，我不该还把你当一个小孩子来对待，不过你要理解我，你是我在这个镇上唯一的朋友，但你的心地过于善良，所以你很容易轻信他人……哦，对不起，我又来了！”她皱了皱眉头，这种神态像极了亨利。她最后补充了一句：“总而言之，我只希望你平平安安！”

玛丽听到后非常感动，她握着卡莱的手，向她发誓："我一定会把门锁好的。"

她目送卡莱离开，随后关好了门。卡莱刚刚说过的话仿佛又在耳边回响。玛丽叹了口气，也许自己真的太过天真了，总是很容易就相信别人。父亲在世的时候曾告诫玛丽，他就是玛丽的生活重心，她对此坚信不疑。亨利喜欢使用刮胡子的泡沫液，这样能让他的呼吸散发出清淡的薄荷味，而她从来没有怀疑过，其实亨利这样做完全是为了掩盖嘴里的酒味。还有几次，她和亨利约会的时候，亨利都以支气管炎犯了为理由而爽约。这一切，玛丽都相信了。

"他经常喝得酩酊大醉。"在亨利过世后，卡莱把这件事告诉了她，说完，卡莱用手摸了摸自己丰满的胸部，接着说，"肺病和支气管病，我们家有这两种病的遗传史。"

玛丽可以肯定，这句话是千真万确的。如果亨利拥有一个强壮的胸部，他也许就不会这么早就死去，想到这儿，她又觉得亨利十分可怜。不过，她坚信，人们一直非常尊重亨利，因为在整个镇里，几乎没有人知道亨利酗酒的事情，更没有人知道他究竟在10年前的那个雨夜到外面做了什么。她也从来不觉得人们看她的眼神有什么异样，在她看来，只有受流言蜚语骚扰的人才会受到别人的这种待见。

她非常希望自己最好永远不要知道那件事情的始末。不过，由于卡莱是个装不住心事的人，只要心里有负担，就会选择和别人倾诉。因此，玛丽不可能不会知道。

卡莱眼中含着泪水，对玛丽说："亨利不会让你看到他喝酒的样子。那天，他发现家里没有酒了，打算走出去买酒，我多么后悔我当时把汽车钥匙藏起来了……因为那天晚上风雨交加，气温也非常低，他的肺经不起这般折腾，没过多久，他就昏倒在了路边，全身被雨淋得湿透，风一吹，他冷得直哆嗦。我以为他只是昏过去了，就打算将他扶到屋里休息。可没想到，我过了一会儿再看他的时候，他就已经不行了……我吃力地将他扶到汽车上，我当时也快虚脱了，不过好在我没有死，这简直是个奇迹！等到医院的时候，我们俩都进行了检查，我只是感染了风寒，休息两天就好，可是亨利的支气管炎转变成了肺炎，只在医院弥留了两天，就告别了这个世界……”

玛丽在空荡的屋子里走着，边走边将房间的灯熄灭。当她走进厨房的时候，突然将后门打开，映入眼帘的是窗外沉寂的黑夜。她以前从不怕黑，可是这一刻，她居然有种不寒而栗的感觉。卡莱说得对，一切都变了，她现在是个独居的女人，她缺乏安全感。或许，她应该将她父亲生前用的那把老枪找出来。她隐隐约约有些印象，那把枪放在阁楼上，边上还有一盒子弹，如果没记错的话，应该是在去年春天发现的。

不知为何，玛丽的内心突然升起一团怒火，矛头直指卡莱。她恨那个女人，都是她，让自己担惊受怕地过日子。于是，她决定去报复卡莱。

很快，玛丽就实施了自己的报复计划。

第二天夜晚，玛丽开车来到卡莱的家。她把车停在路边，并悄悄地绕到她家的后门，然后爬到院子里。接着，她悄悄地尝试打开房间的门，但发现所有的门都锁得严严实实的。于是，她潜伏在卡莱卧室窗外的灌木丛中，探出脑袋，从两片窗帘之间的缝隙窥探卧室里的情形。此时卡莱正慵懒地翻阅着一本杂志，她手边的桌子上还摆着一杯冰茶。

此时，玛丽心中涌现出一股强烈的犯罪感，她虽然很反感自己现在的这种行为，但又感到非常新鲜刺激。不过，当她看到卡莱此刻正在怡然自得地享受生活时，她内心的怒火又重新燃烧起来了。玛丽打定主意，一定要吓一吓卡莱，让她知道，她也没那么坚强。不过，玛丽望着紧锁的房门发愁：我要怎么吓她呢？总不至于翻窗户进去吧！要不直接敲门？也不行，卡莱这个人太精明了，她会看清是谁之后才开门的。

这时，玛丽突然灵机一动，想起了一件事情。卡莱曾经向玛丽气愤地抱怨过一件事情，邻居家的狗总是会将她家的垃圾桶打翻，这让她非常懊恼。因此，她在后门的架子上摆了一堆石头，专门用来打狗。玛丽从院子里悄悄地拿来一根长柄的钉耙，悄悄地跑到灌木丛的后面，然后用钉耙用力一推，垃圾桶就翻倒在了地上，里面的垃圾倒得到处都是。玛丽继续用那个钉耙弄翻一个易拉罐，这个罐子叮叮咚咚地滚了很远。

这招很管用，门口的灯很快就亮了，玛丽俯下身子，从灌木丛的缝隙中窥探卡莱的表情。卡莱从窗户向外探出身子，看了看外面的情况，随即从房间里走了出来。她猛地把门一推，冲到院子里，大声喊道："给我滚开！"然后抓起几颗石头，朝着有响声的地方扔去。此时，卡莱从玛丽的身边走过，但没有发现她。

玛丽觉得已经戏弄够了她，于是站起身来，走到有亮光的地方，非常得意地喊着："哈哈哈，卡莱，你上当啦！看看你，锁了门又怎样，你不照样很轻易地就被引出来了吗？"玛丽的笑声中分明带着几分嘲讽的意味。

卡莱呆站在那里，脸上的表情起初是惊讶，随后转变为气愤。

“你该不会生气了吧？”玛丽试探性地问了一句，卡莱没有说话，玛丽随即补充道，“我们现在扯平了，一报还一报。”说完，玛丽伸出手，想与卡莱和解，没想到被卡莱拒绝了。

“滚！”卡莱明显很生气，说话都气喘吁吁的，“你偷窥我就算了，你居然还打翻了我的垃圾桶！”

对于这番话，玛丽表示了抗议：“我没有偷窥你，要知道，你开始也是这样对我的，我做的事情没有你那么过分。”玛丽认为自己受到了莫大的委屈，觉得自己的自尊心受到了伤害，她走到垃圾桶边，把垃圾桶扶正，并把周围的垃圾都捡了起来。

“你给我走开，少来惹我！这些我明天自己会收拾，你居然把我当一个傻瓜来对待，简直不可理喻！玛丽，你走吧，晚安！”卡莱的语气非常严厉，说完转身就气呼呼地回到了屋里，根本就不顾站在一旁的玛丽，连看都没看一眼。

顿时，玛丽觉得自己就像一个傻瓜，尴尬地离开了卡莱的家。四周黑灯瞎火的，她一不留神，踩到了自己刚才弄翻的易拉罐，把脚给崴了。她并没有向卡莱求助，而是忍着痛，一瘸一拐地走到了路边。此时，她觉得脚踝疼痛难忍，所以，她决定暂时不回家，而是开车直接去高斯医生那儿。

高斯医生其实退休已经有一年多了，他早已不坐诊看病了，不过，他的家里还是保留了最初的诊所陈设，最多就是偶尔为一些年老的病患检查检查身体。看到玛丽扭伤的脚踝，高斯医生给玛丽打了一剂止痛针，然后做了简单的包扎，并且随手递给她一杯饮料。

高斯退休之后，就喜欢与其他人唠唠闲话，他非常喜欢玛丽，因此他俩就聊了起来。得知玛丽是在卡莱的院子里扭伤脚时，高斯随口问了问卡莱的近况。然后，高斯给自己倒了一杯。

过了一会儿，玛丽回到了自己的家中。此时，电话响了。玛丽关好门之后，拿起了听筒。

“是玛丽吗？你终于回家了，我打了好几个电话都没人接，我都准备报警了！你究竟去哪里了？”电话那头的卡莱情绪很激动，而且声音带着几分沙哑。

玛丽冷冷地说：“哦，我从你家离开的时候，不小心扭了脚，所以我到高斯医生那里看病去了，然后顺便和他聊了聊。”

“原来是那个老头啊，唠唠叨叨的，难怪你回来得这么晚。玛丽，你听我说，我今天晚上可能太冲动了，我感到非常抱歉。你达到了目的，成功地将我骗出来了，不过糟糕的是，我又感冒了，所以我的情绪很差，但这都不能成为朝你发火的理由。你说得没错，我们是一报还一报，这样就扯平了。”

听到这，玛丽的声音不再那么冰冷，“卡莱，没事的，我并没有生气。”

转眼到了周末，玛丽能够正常走路了，卡莱的感冒也痊愈了，玛丽邀请卡莱共进午餐。那天天气真不错，深秋的阳光非常明媚，关键是晒在身上一点儿也不热。她们将午餐的地点选在了后院的一棵大树下面。卡莱的心情非常好，就连玛丽笑话她容易上当时，她也只是开怀大笑。

卡莱随后说：“可是，你必须承认，那天你的做法太卑鄙了，如果是歹徒的话，他不可能知道狗的事情。”

玛丽却不以为然地说：“废话，不过我认为我做得很巧妙。要知道，不论是谁，听到打翻垃圾桶的声音，就会下意识地认为是狗弄的。从这一点来看，你和我都一样天真。”

听到这话，卡莱并没有生气。黄昏时分，两个人开始收拾东西。当玛丽将小推车推到屋里时，卡莱显得很主动，她对玛丽说：“我把椅子拿去地下室吧。”

“谢谢。你把椅子放好之后，帮我把门也一并锁好吧。”

“当然，这个你放心。”卡莱说完，就搬着藤椅，从灌木丛围绕的台阶向下走去。

当卡莱开车离开之后，玛丽立即来到了地下室，果不其然，她发现地下室的门没有上锁。卡莱仍然把她当作一个傻瓜来看，认为她还是那么容易轻信他人。

天黑了，她将楼下所有的灯都打开，并且将窗帘拉得严严实实，连一丝缝隙都没有留下。随后，她将收音机打开，播放着舒缓的轻音乐，随后走上楼，在一间漆黑的房间窗户边坐了下来。她似乎在等待着什么。

在等待的过程中，玛丽一直在回味高斯医生的话：“这段时间以来，卡莱过得怎样？她最好少喝点酒。”其实，这两句话就足以让玛丽明白点什么。当然，高斯医生还说了些别的：“其实，亨利简直是个圣人。最开始的时候，卡莱的丈夫无法忍受她酗酒，就将她一脚踹出了门外，那个时候，是亨利收留了她，还花了很多钱把她送到最好的疗养院，让她戒掉酒瘾。至于亨利的死……唉，那完全是因为那个风雨交加的夜晚，亨利为了把她拉回家，最终自己淋雨，得了肺炎死的。在亨利死后，卡莱再想喝酒，就只敢自己一个人在家里喝了……”

后来的话，玛丽基本上就没有心思听了，她突然回想起那天晚上，卡莱手边摆着的那杯“冰茶”，以及事后卡莱过激的反应。玛丽甚至在想，那个被打翻的垃圾桶里，是否装着很多空酒瓶呢？

终于，到了晚上10点，玛丽没有白等。黑暗中，玛丽发现了一个女人，她正挪动着肥胖的身躯走向地下室的台阶。没错，那个人正是卡莱。于是，玛丽迅速起身，悄悄地从卧室溜了出来，并向楼下走去。

一直以来，卡莱都在笑话玛丽，认为她太天真，太容易相信别人。没想到，卡莱对玛丽撒了这么多谎，而玛丽从来没怀疑过她。现在的玛丽把卡莱视为一个十恶不赦的人，就是因为卡莱这个女人，使得自己唯一深爱的人离开了这个世界，而且她还欺骗自己，并且将酗酒的事情栽赃到亨利身上。

玛丽非常镇定地来到厨房，然后打开了地下室的门，卡莱此时正在楼梯的下面。而卡莱也因为突然出现的灯光而愣了一下，她抬头望着灯光，不停地眨眼，然后很快地就用手指摆出枪的手势，指着玛丽，笑呵呵地说："砰！你死了！"

"不，卡莱！"玛丽冷冷地回应了一句，然后拿起父亲生前用过的手枪，对准卡莱说，"该死的那个人，是你！"

第三通电话

当我给斯蒂文森中学的校长莫里森打电话时，已经是下午 1 点 20 分了。

“我没有跟你开玩笑，15 分钟之内，你们学校将会发生炸弹爆炸事件。”为了不让声音扩散，我说话时特意用手帕捂住了话筒。

莫里森沉默了几秒钟，然后愤怒地质问：“你究竟是谁？”

“这你别管。我只负责告诉你，15 分钟内炸弹将会爆炸，我再重申一遍，我没有跟你开玩笑。”说完，我便挂断了电话。

我离开加油站，走到马路对面，回到警察局，然后坐电梯去了 3 楼。

走进值班室时，我的搭档彼得·托格森正在打电话。

见我进来，他抬起头说：“吉姆，斯蒂文森中学又接到了一个恐吓电话，为了安全起见，莫里森再次将全校的人都撤了出去。”

“你有没有联系爆破小组？”我问。

“我正在和他们联系。”他正在拨打 121 房间的电话，没过多久，电话接通了，他将整个事情的经过简单地交代了一遍。

随后我们赶到了学校。此时，中学里的 1800 名学生都已经撤到了校外。这次，学校的老师按照我们的要求，将学生疏散到了距离大楼 200 英尺以外的地方。之前，学校也接到了两通类似的电话，那时，我们就已经告诉他们，以后应该如何应对类似的事件。

莫里森校长身材高大，头发花白，戴着一副无框眼镜，他在拐角的一群教师中间，看起来非常扎眼。见到我们之后，他便朝我们走了过来，并且告诉我们，电话差不多是在1点20分打来的。

不久之后，爆破组和另外两个小组也赶到了现场。

彼得从莫里森的身后向铁丝围栏里面望了望，此时，我儿子大卫和他的五六个同学正趴在后面，彼得问："你认识他吗？"

我发现莫里森的笑容看起来很疲倦，然后回答了彼得的话："不认识。校长认识的学生肯定没有老师多。"

"吉姆，你应该感到高兴，看来这事马上就能解决了。"彼得点燃了一根雪茄。

我站起身，说："我不希望这件事与任何一个孩子发生牵连。"

随后，我们把车开到贝恩斯的家里。这栋房子是两层楼，和街区里的其他房子没有区别。

贝恩斯先生有着高挑的身材、碧蓝的眼睛。当他开门看到是我们站在门外时，脸上的笑容立刻就收了回去，并且一脸不高兴地问："怎么又是你们？"

彼得说："我听说你儿子莱斯特生病了，那么他今天有没有去学校？我们想跟他谈谈。"

贝恩斯的眼神闪过一丝异样，他问："为什么？"

彼得淡然一笑，"我们上次来的时候已经解释过了。"

"他去药店了，等下应该就会回来了。"我们打算进屋谈谈，这次，贝恩斯勉强同意了。

彼得进屋之后，直接坐到了沙发上，然后问："你刚刚不是说他生病了吗？"

“他确实是感冒了，所以我没有让他去上学。但出去买可乐还是没问题的，他的病毕竟还没有严重到那个地步。”贝恩斯答话的时候，一双眼睛紧紧地盯着我们。

彼得的语气显得非常温和，他继续问：“那么，请问，今天早上10点半的时候，你的儿子在什么地方？”

贝恩斯说：“反正他就在我的身边，我可以证明他没有打过电话。”

“你怎么知道？”

“我今天刚好休息，整天都和莱斯特待在一起。”

“你的妻子呢？”

“10点半时她就在这儿，只是这会儿出去买东西了。请相信我，莱斯特没有打过任何电话。”

彼得微微一笑，“但愿如此。那么，再问问你，1点20分的时候，他在哪儿？”

“我妻子和我可以证明，他就在这儿。”说完之后，贝恩斯皱起眉头问，“今天有两个电话？”彼得点点头。

贝恩斯坐在椅子上，不停地扭动着身体，表现出一副极不自在的样子，后来他站起身说：“我要上楼去看看窗户有没有关好，你们等我一下，我很快就回来。”

我们照做了，就坐在客厅里等着。彼得看着他从客厅离开之后，把头扭了过来，然后对我说：“吉姆，你总是让我一个人问话，而自己却坐在一旁，一言不发。”

“彼得，这种事，你一个人就能搞定了。”

“不过没关系，我想事情很快就能解决了。”他又点燃了一根雪茄，并且随手将桌子上的电话听筒拿起来听了一会儿，然后他用手捂着话筒，非常小声地对我说：“贝恩斯不知道儿子去哪里了，现在正在用楼上的分机到处打电话。”

彼得握着听筒又听了一会儿，随后面带微笑地说：“他现在在给他的妻子打电话，她现在正在超市买东西。他在电话里和他的妻子统一口径，告诉她说我们来了，让她等会儿见了我们之后，就说莱斯特今天一天都没有打过电话，一直待在家里。”

我朝窗外望了望，恰好发现，一个金发少年朝屋子这边走了过来。与此同时，彼得也看到了那个少年。他随即将听筒放了下来，说：“莱斯特回来了，看样子我们要抓紧时间了，必须在他父亲下楼之前，从他的嘴里套出些话来。”

我发现，莱斯特·贝恩斯浑身被太阳晒得通红，他的腋下还夹着一条卷起来的浴巾。可当他走进屋子，看到我们坐在家里之后，脸上的笑容瞬间就凝固了。

彼得随即问道：“莱斯特，我们知道你今天没有去学校。所以，你最好交代一下，你今天都去了哪里？”

莱斯特咽了口唾沫，说：“我今天不大舒服，所以就在家里养病，没去上学。”

彼得指着他腋下夹着的浴巾说：“是吗？我猜，浴巾里面包着的，应该是游泳弄湿的泳裤吧？”

莱斯特的脸瞬间变得通红。他支支吾吾地说：“呃……也许我只是有点过敏……因为病得不是很重，所以好得很快……今天上午大概 9 点的时候，我觉得好像好一些了，所以我就决定出去晒晒太阳，然后游一下泳，活动活动身体。”他深吸了一口气，似乎对自己的回答还比较满意。

“你游了一整天？难道你不会饿吗？”

“我带了午饭去的，有好几个汉堡包呢。”

“哦，还有谁？”

“没别人，就我一个人，你们这么问，是不是今天又有人打那种电话了？”他站在原地，不停地摇来摇去，表现出一副非常不安的样子。

彼得并没有直接回答他的问题，而是笑了笑，然后问：“既然你觉得身体好得差不多了，为什么下午还不回学校上课？”

“本来我是想去的，但等我想起来时，已经来不及了，早过了1点钟了……”莱斯特双手扯着浴巾，然后轻声地补充道，“我当时就想，反正已经迟到了，干脆再游一会儿算了。”

“等等，你的意思是，你最开始只打算上午游泳？如果是这样的话，你为什么要把汉堡包也带去呢？这样不是很奇怪吗？”

莱斯特知道瞒不住了，于是，他红着脸跟我们道出了实情：“我今天根本就没有感冒，我只是不想上学而已。不过，爸爸妈妈不知道。今天上午考公民课，下午考历史课，我知道自己这两门都考不好。所以，我打算今天晚上好好复习一下功课，这样一来，说不定我能通过明天的补考。”

此时，我听到楼梯上响起了一阵下楼的脚步声。这似乎也是我们期待的，他的爸爸在这时出场简直再合适不过了。

贝恩斯下楼之后，发现我们和他的儿子在一起，于是便将脚步停了下来，并且连忙说：“莱斯特，我来和他们说，你去一边待着。”

彼得说：“很抱歉，你的儿子交代了所有的事情，他承认了，今天他没去学校，但是也不在家。”

莱斯特顿时有些惊慌了，连忙解释道：“请你们相信我，我真的没有打过那些电话。真的，不是我打的！”

贝恩斯走到他儿子身边，看着我们两个，然后问：“你们为什么总是来找莱斯特的麻烦？”

彼得说：“我们有足够的证据证明电话是一个学生打过来的。并不是我们故意找莱斯特的麻烦，而是因为那些电话是在学校上课的时间段打来的，一般的孩子不可能有时间打这样的电话。这也就意味着，电话是一个缺勤的孩子打来的。”

贝恩斯对此予以否认：“我能肯定今天缺勤的那个学生不是莱斯特。”

彼得点了点头，但将话题转移到另一件事情上：“第一个电话打来的时候是 18 天前的事情了，当时我们就调取了斯蒂文森中学的考勤记录，当天缺勤的学生有 96 个，其中男生有 62 个，包括你的儿子，我们跟他们一一进行了谈话。后来我们了解到，你儿子当时感冒了，不过，只有他一个人在家，你去上班了，而你妻子则去参加一个朋友的生日聚会了。和其他同学一样，他否认打过那样的电话。由于没有其他人的证明，我们很难判定你儿子说的情况是否属实。”

莱斯特用一种保证的口吻对他父亲说：“爸爸，我绝对不会做那种事情的，我发誓，我没有打过那种电话。”贝恩斯非常平静地看着他的儿子，随后转过头看着我们，似乎想让我们对此发表一下意见。

彼得接着说：“今天上午 10 点半，学校又接到了一个类似的电话。我们再次调出了考勤记录，有 3 个男孩在两次电话打来的时候都没来学校上课。”

“另外两个男孩你们查过吗？”贝恩斯脸上当即闪过一丝希望。

“我们正要去查，但在我们复核的过程中发现，3 个嫌疑人中有一个男孩下午的时候已经回到学校上课了，所以他的嫌疑也就被排除了。”

贝恩斯连忙问：“那另一个男孩呢？”

“据我们了解，他生病住院了。”

“可是，他也可以用医院的电话打啊。”贝恩斯立即反驳。

彼得微微一笑，耐心地解释道：“上个周末，那个孩子和他的父母去其他的州旅行了，在旅行的过程中，那个孩子得了猩红热，所以是在那个州的医院住院。可是，学校接到的电话都是用本地的号码打过去的，那个孩子所在的地方距离这里有500英里，他不可能做到这一点。”

听到彼得这样一说，贝恩斯回头看了看他的儿子。

此时，莱斯特明显感到一阵惊慌，脸都吓白了，“我从来不会对你撒谎的，爸爸，这一点你是知道的。”

“这个我知道。”话虽如此，但贝恩斯的脸上仍旧表现出一丝疑虑。

这个时候，一个棕色头发、脸色苍白的女人从门口走了进来，嘴里还喘着粗气，但她顾不得休息，用一种非常肯定的语气说：“我一整天都待在家里，除了刚才出去买点东西，但那就是一会儿，所以，我很清楚莱斯特今天的行踪。”

莱斯特可怜巴巴地说：“妈妈，不用解释了，没用的。我今天根本没有去上学，他们也知道这件事。”

“我觉得，你们俩最好在今天晚上认真地和你们的儿子好好谈谈。我相信你们说比我们说要管用得多。然后明天早上 10 点的时候，麻烦你们三个人都去一趟警察局。”说完，彼得伸手拿起自己的帽子，并在桌子上放了一张名片。

彼得开着车，在经过一个路口转弯的时候突然想到了一件事情，然后对我说："万一他们要是继续为他们的儿子圆谎，这件事情就有些麻烦了。"

"有可能是学校以外的人干的吗？"我问道。

"不排除这种可能，可是我们都明白，这种事情一般只有学生才干得出来。"

彼得叹息一声，说道："这是我不愿意看到的结局。一个炸弹恐吓电话所造成的影响已经很糟糕了，但现在看来，受这件事情影响最大的，应该是他们一家。"

之后，我去警察局打了个转，然后5点离开了那儿，等回到家的时候，已经是5点半了。

我直接去了厨房，妻子诺娜正在里面忙着。看到我之后，她立即告诉我："今天我从报纸上看到，斯蒂文森中学上午又接到了一个恐吓电话。"

"嗯，其实今天下午的时候又接到了一个，不过因为时间太晚，报纸还没来得及报道。"说完，我轻轻地吻了她一下。

她揭开锅盖，看看锅子里的菜熟了没，然后又问："你们追查到打电话的人了吗？"

我稍稍犹豫了一会儿，然后说："可能找到了吧，我是说可能。"

"是谁啊？"诺娜抬起头，好奇地看了看我。

"是一个学生，他叫莱斯特·贝恩斯。"

"学生？他为什么要这么做呢？"她似乎有些不敢相信。

"现在还不清楚，不过，他直到现在也没有承认。"

“吉姆，我感觉你有些累了。调查这一类型的案子应该非常辛苦吧，要不要好好休息一下？”她仔细地打量着我。

“还好吧，只是琐碎的事情太多了。”

她的眼神中流露出来的是饱含温暖的关爱之情，然后她面带微笑地对我说：“你把戴维叫回来吧，差不多可以吃晚饭了，他现在还在车库里修车呢。”

我刚刚走进车库，戴维就抬起头看了看我，然后立即将化油器放在了台子上，“爸爸，你看起来感觉非常累。”

“嗯，今天比较累。”

“你们找到那个打电话的人了吗？”

“可能找到了吧，现在还不确定。”

戴维的眼睛和他母亲的一样，都是灰色的。听到我的回答后，他皱起眉头问：“那个人是谁？”

“一个男孩，叫莱斯特·贝恩斯。怎么样，戴维，你认识他吗？”

戴维盯着面前的零件，然后说：“认识。”

“你清楚他的为人吗？”

戴维耸耸肩，“我跟他交情一般，不过，他看起来像个老实人。你们确定那些电话是他打的吗？”他仍然皱着眉头，觉得这件事情有些出乎他的意料。

“现在还不确定，而且他也没有承认。”

“那你们为什么怀疑是他呢？”说完，戴维拿起一个螺丝刀，继续在捣鼓什么。

我把我们所用的调查方法仔仔细细地跟他讲了一遍。

“这件事情是不是给学校造成了很大的影响？”戴维笨手笨

脚地摆弄着螺丝刀，不过，看他的样子，他似乎不太会用螺丝刀拧螺丝。

“应该是的。”

“你觉得他可能会因为这件事情而受到怎样的处罚？”

“这个我不清楚，不过他没有前科，所以应该不会被判得很重。”

戴维沉思了片刻，然后说：“其实在我看来，这不过是个玩笑而已，这造成的影响，最多就是让学校多放了半天假，整个过程中并没有人因此而受伤。”

我说：“但是，如果因此引起人们的恐慌，就不是一件小事情了。这很容易引发安全事故的。”

戴维则非常固执地反驳道：“不要把事情想得那么糟糕，毕竟我们就火灾疏散这种事情做过专项演习。”

的确，我也是因为考虑到这一层因素，所以才敢打这样的电话。

戴维将手里的螺丝刀放了下来，然后问：“爸爸，你相信打电话的人是莱斯特吗？”

“我不否认有这种可能。”

的确，之前的两个电话可能是莱斯特·贝恩斯打的，但第三个电话确确实实是我打的。

戴维沉默了一会儿，然后问：“爸爸，学校第一次接到这种电话时，当天有很多学生缺勤，你都找他们一一谈过话了吗？”

“没有，但是我们局里的人告诉我，他们都跟那些学生谈过了。”

戴维咧嘴笑了，“爸爸，我那天其实也没有去上课，但是并没有人找我谈话。”

“儿子，我觉得，他们没必要找你谈。”

在我看来，那种事情，别人的孩子可能会做，但我的孩子不会。不过，我并没有把我的想法告诉他，而是等他继续说下去。

此时，戴维有些吃力地说：“我……我今天早晨其实也没有去上课。”

我说：“嗯，我知道。”

他看着我的眼睛，然后问：“那么，你们最后锁定的嫌疑人一共有几个？”

“最开始是3个，不过我们后面排除了一个，因为其中一个孩子当时正在另一个州的医院里住院，所以他不可能用本地的电话打电话到学校。所以，嫌疑人就只剩莱斯特·贝恩斯，然后就是你。”我打量着他。

戴维勉强一笑，然后问：“你是不是觉得我非常走运呢？因为第三个电话打来的时候，我已经回到学校了，这样一来，我的嫌疑就被排除了，就只剩下可怜的莱斯特了。”

“对。”我点了点头。

戴维舔了舔嘴唇，然后问：“他的爸爸肯定坚信，他的儿子不会做这种事情，对吧？”

“当然，一般的父亲都会这么做。”

此时，戴维正在摆弄着化油器，头上还在不停地冒汗，并且沉默了很长一段时间。然后，他叹了口气，抬起头，认真地看着我的眼睛，鼓起勇气对我说：“爸爸，我觉得你最好还是把我带到警察局去吧。那些电话不是莱斯特打的，是我打的。我做这件事情也没有别的，只是恶作剧，觉得好玩而已。”

当然，我并不希望听到这番话，不过，戴维能够这么跟我说，我内心还是感到非常骄傲的，毕竟我的儿子内心还是非常善良的，他不希望让别人替他受罚。

“爸爸，不过我也觉得奇怪，之前的两个电话确实是我打的，但是我今天下午并没有打电话。”

“我知道。”我看了看戴维，微笑着说，“那是我特意打的。”

他瞪大了眼睛，瞬间就体会到我的用意，然后说：“你这样做，是为了帮我消除嫌疑吧？”

我疲倦地笑了笑，“其实，我这种做法是不对的，不过，当一个父亲见到自己的儿子被卷入某个案子中时，他很难端正他自己的立场，所以，他可能会因此而做一些糊涂的事情。其实，我倒真希望这件事情是莱斯特干的。”

戴维站在那儿一声不吭，只是用一块破抹布默默地擦着手。过了一会儿，他说：“爸爸，我觉得没有必要把我们两个都牵扯到这件事里，我觉得，毕竟是我有错在先，所以，我应该打电话到警察局，说那几个电话都是我打的。”

我摇摇头，然后面带微笑地说：“儿子，谢谢你的启发。我会把我的所作所为告诉他们的。”

此时，戴维非常认真地看着我，我想他应该也为我感到骄傲。

“这样吧，我们先吃晚饭，吃完饭后，我们去给莱斯特的父亲打电话。只是晚半小时而已，这没有关系的。”

戴维笑了，“可是，如果我们现在就对莱斯特的父亲说的话，他们就要少半个小时的煎熬啊，毕竟我们的心态是不一样的。”

我受教般点了点头。于是，一回到屋里，我就立即打了一通电话。

迷雾中的陌生人

欧文刚刚在海边挖好一个墓穴，这个时候，白茫茫的雾霭中突然冒出了一个男人的身影。欧文顿时吓了一跳，他警觉地拿起手里的铁锹，准备向那个人进攻。

那个人从海边的方向走来，当他看到欧文的时候，便停了下来。欧文用手中的油灯探了探，微弱的光亮让他无法看清眼前这个人的面孔，只看见在那人的背后，海浪一遍又一遍地涌上沙滩，然后拍碎在岸边。

欧文走上前去，问："你是谁？"

那个人静静地站在那儿，眼睛盯着欧文刚刚挖好的墓穴，还有旁边卷放着的一捆帆布。他侧着身体，感觉随时要准备逃走一般。

那个人听到欧文的问话，紧张地说："我还正打算问你呢。"

"我是这里的住户，"欧文拿起手中的铁锹，向左边指了指，"这里是私人海滨。"顺着铁锹所指的方向，透过迷雾，那边的确有一点微弱的亮光。

"那这里也是私人墓地吗？"

"我家的狗今天死了，我可不想让它就躺在屋子边上。"

"哦，这条狗真大。"

"是的，"欧文用另一只手擦了擦脸上的水雾，问，"你来这干什么？"

那个人谨慎地往前走了几步，欧文终于能借着油灯看清他的脸了。他的个头很高，肩膀也很宽，头发可能被水雾打湿了，湿漉漉地贴在额头上，他身穿一件类似伐木工人穿的方格子呢夹克，一条棕色的长裤，脚上穿着一双休闲鞋。

“我能借你的电话用用吗？”那个人问。

“你打算打给谁？”

“我的汽车抛锚了，”大个子说完，看了看欧文，“不过，你可能会怀疑，我为什么不开车走海岸公路，而要走到这里来。”

“是的，的确值得怀疑。”

“因为我觉得，走这条路更加安全。”

欧文看着这个大个子，摇了摇头，说道：“我不明白你的意思。”

“你没有听收音机或者看电视节目吗？”

“不，我一般都不看那玩意儿。”

大个子有些惊讶，说道：“那看来，你不知道有个疯子从疯人院逃出来的事情了。”

听到这里，欧文顿时觉得毛骨悚然，说道：“不知道。”

大个子接着说：“事情就在今天傍晚的时候发生的，那个疯子用一把菜刀捅死了一个医护人员，随后还在里面杀了 3 个人。”

欧文并没有吭声。

“警方初步怀疑，这个疯子可能会向北边走，因为那里离他的故乡俄勒冈州比较近，不过他们并不确定。他也可能往南走，这里距离 T 镇只有不到 12 里的路程。”大个子继续说。

“可是，你仍然没有告诉我，你来这里干什么？”欧文将手中的铁锹握得更紧了。

大个子说："是这样的，我和一个女人从旧金山过来度周末，我原本以为她的丈夫会去外地出差，可没想到他居然提前回来了。可是他发现他妻子并没有在家，所以他以为妻子在别墅里。他连电话都没打就直接赶过来了。我们差一点儿就被抓现场了，幸亏她将我及时赶了出来。"

"你被那个女人赶出来了？"

"是的，你知道吗？她的丈夫是个非常大方的百万富翁。"

"哦，这样啊，"欧文继续问，"那个女人叫什么？"

"这和你有关系吗？"

"当然有关系，不然我怎么确定你告诉我的是真话呢？"欧文显得有些不屑。

大个子有些茫然，说道："我为什么要对你撒谎呢？"

"你当然有撒谎的理由。"

"难不成你认为我就是那个逃出来的疯子？"

"嗯，没错。"

听到欧文的回答，大个子显得有些生气，说道："如果我就是那个疯子，我还会把关于他逃跑的事情告诉你吗？"

欧文没有说话，安静地站在那儿。

"不过，从我了解的情况来看……"大个子拉长了声音，说，"你倒真像那个疯子，大半夜跑到这里来挖坟墓。"

"我不是告诉你我家的狗死了吗！再说了，你见过哪个疯子在杀了人之后还会去为这个人挖个坟？照你这么说，那个疯子是不是给疯人院被杀的医护人员也挖了个坟？"

"行行行，我俩都不是疯子，"大个子快受不了了，他用手摸了摸外套的口袋，"你看这海边的大雾，朦朦胧胧的，我在这里已经待了很长时间了，现在能不能用一下你的电话呢？”

“之前就问过你了啊，你要打电话给谁？”

“一个在旧金山的朋友，他欠我一个人情，所以我要让他开车接我回去。当然，如果你不介意的话，也可以让我留在这儿，一直等到他来接我。”

欧文考虑了一会儿，然后说：“行，你先站到那边去吧，我把尼克的后事料理完，然后我们一块儿上去。”

听完，大个子点了点头，并且一动不动地站在那儿。

欧文蹲下身来，小心翼翼地将帆布包裹好的尸体推到了墓穴之中。随后，他站了起来，将周围的沙土铲回了坑里。他一边做的时候，一边留意站在旁边的大个子。埋好之后，他拿起油灯，用铁锹比画了一个手势，示意他已经完成了。大个子绕过坟墓，两个人沿着一条小溪慢慢向上走。欧文与他保持着四五步的距离，大个子的双手也一直放在贴近胸口的地方。他两眼盯着欧文，表现出非常紧张的神态。事实上，欧文心里也是如此。

“你没有名字吗？”欧文开始问。

“每个人都有名字啊。”

“我在问你的名字。”

“要是名字有关系，我就告诉你，我叫迈尔斯。”

“无所谓，我只是想知道，要进我家里的这个人到底是谁罢了。”

“我也想知道，我现在要进的，到底是谁的家。”迈尔斯跟着说。

随即，欧文把自己的名字告诉了他。不过，两个人知道了对方的名字之后，便没有再说什么。

大约走了 50 码，小溪向右拐了个弯，流进了一个杂草丛生的灌木丛中。左边有一处低矮的沙丘，右边就是坚硬的岩石，并且陡然上升，形成一处绝壁，而绝壁上方就是欧文的房子。两堆沙丘之间有一条小路，欧文领着迈尔斯向深处走去。虽然有油灯的照明，但周围的雾气依旧十分浓厚，30 码开外全是白茫茫的一片。

半路中，他们已经能看清这栋房子了。房子非常巨大，整栋建筑都是用红木和玻璃建造的，一个宽敞的阳台直面大海。小路的尽头是一个梯形的院子，不远处还有一道木楼梯，它通往房子的侧面。他们很快就来到了楼梯前，此时，欧文让迈尔斯先上，迈尔斯没有提出异议，只是走在楼梯的边缘，双手并没有扶着栏杆，并且时不时地回头看看欧文。欧文跟在后面，并且与他保持着 4 个阶梯的距离。

他们爬上了台阶的顶端，转了个弯，就来到了房屋的正面，这里有一个小的停车场，还有一个小花园。浓雾挡住了通往海岸公路的通道，门廊上的灯还没有熄灭。迈尔斯径直向大门走去，而欧文将手中的油灯熄灭，并将灯和铁锹放到了墙角。

正当欧文准备告诉迈尔斯前门没有上锁，他可以直接进去的时候，浓雾中又出现了一个男人的身影。

欧文一眼就发现了这个人，他正从通往海岸公路的通道方向走来。欧文瞬间觉得有点不寒而栗。这个男人的身高与迈尔斯差不多，不过体态更加魁梧。他穿着一身皱巴巴的西装，但并没有打领带，头发非常蓬乱，看起来非常焦虑。

当这个男人看到欧文和迈尔斯的时候，犹豫了一会儿，随即向他们走来。此时，迈尔斯也看到了这个人，于是侧着身子，用一种不安的眼神打量着这名陌生男子。

他走到门前，看了看欧文，又看了看迈尔斯，问："谁是这间房子的主人？"

"我是主人，我叫欧文，请问你是谁？"

"汤姆，我是一名公路警察，请问你一整夜都待在这里吗，欧文先生？"

"是的。"

"这里发生了什么异常没有？"

"没有，出什么事情了吗？"

汤姆非常认真地说："我们在找一个人，他下午从T镇的医院逃出来了，或许你已经听说过这件事了。"

欧文点了点头。

"虽然我不想让你紧张，不过我还是得告诉你，那个逃犯可能就在这附近。"

欧文舔了舔自己的嘴唇，然后扭头看了看迈尔斯。

"既然你是公路警察，为什么没有穿制服呢？"迈尔斯问汤姆。

"我现在是便衣办案，这样方便调查案子。"

"可你居然是走路来的，而且还单独一个人。警察办案调查的时候，一般不都是两个人一组吗？"

听到这里，汤姆皱了皱眉头，他瞪大了眼睛，盯着迈尔斯看，然后提高声音说："我的确是一个人，那是因为我们必须得分开走，这样才能对这一片区域进行地毯式排查。至于走路，那是因为我那辆破车居然在半路抛锚了，我只能用无线电请求支援。坐在车里什么都干不了，所以我只能走路，然后就走到这里来了。"

这个时候，欧文突然想起迈尔斯在海边的时候曾经对他说过的话："我的汽车抛锚了。"想到这里，他下意识地擦了擦脸上的水汽。

迈尔斯继续说："我们能看看你的证件吗？"

汤姆从西装口袋里掏出一只皮夹，他打开之后，举起来送到了两个人眼前，说道："看清楚，现在你们满意了吗？"

证件上确实写着汤姆的名字，也确认了他的身份，不过，上面没有照片。迈尔斯心中仍然疑惑重重，只是没有说破。

这时，欧文开口问道："那个疯子的照片你有吗？"

"有，但是那照片帮不上什么忙。他从疯人院逃走的时候，把自己的档案资料统统烧毁了。他在里面整整待了 16 年，我们手里的都是很久以前的老照片，在这个过程中，他的相貌发生了非常巨大的变化，我从 T 镇的人口中了解到，他的相貌简直就像变了一个人一样。"

"你可以大概地描述一下他的长相吗？"

汤姆想了想，说："他的身材非常高大，有一头黑发，不过相貌平平，身上也没有什么特殊的印记，符合这个标准的人有一大把，我们很难筛选。"

迈尔斯听完后，说了一句："嗯，我们三个都符合这个标准。"

汤姆再次打量了一下他："没错，是挺符合的。"

"还有别的什么情况吗？"欧文问，"比如，他会在逃出来之后，把自己装成一个正常人吗？"

"至少，医院里的人认可这种可能性。"

"这样不就更糟了吗？"

“可不是嘛，”汤姆搓了搓手，继续说，“我们为什么不进屋谈呢？外面真冷。”

欧文犹豫了一下，他在琢磨汤姆要进屋是不是有别的什么企图，当他看到迈尔斯的时候，似乎迈尔斯也这么想。不过，欧文找不到一个合适的理由来拒绝。

于是，欧文说了一句：“进去吧，门没有锁。”

三个人都没有动，而汤姆则一直死死地盯着迈尔斯看。迈尔斯此时显得有些局促不安，由于他距离门最近，他转过身，开门就进屋了。和开始上楼梯的时候一样，他是挨着边上进去的，欧文跟在后面。等两人都进去之后，汤姆才最后走了进去，并随手将门带上。

穿过短短的走道，他们三个人来到了客厅。汤姆随意打量了一下屋子里的陈设，发现墙边有一个石砌的壁炉，墙面上挂着许多漂亮的名画复制品和现代装饰。

“装饰非常漂亮，欧文先生，你平时一个人住吗？”

“不，我和我的妻子住在一起。”

“她在家吗？”

“她现在在赌城呢，赌博是她的最大爱好，但我不喜欢。”

“啊？”汤姆显得有些吃惊。

“想喝点什么吗？”欧文问。

“谢谢，不过我在办案的时候不能喝酒。”汤姆谢绝了欧文的好意。

“我想喝一杯。”迈尔斯回答。此时，他仍旧感到不安，因为汤姆一直在盯着他看。

那扇正对大海的窗户边安置了一个小的酒吧台，欧文走了过去。窗帘此时是拉开的，外面的雾气仿佛骷髅的手指一般，紧紧地贴在透明的玻璃上。他背对着窗户，从吧台的架子上拿了一瓶波恩酒下来。

汤姆面向迈尔斯，问：“我还不知道你的名字呢。”

“我叫迈尔斯，不过你为什么一直盯着我看？”

汤姆并没有理睬他的问题，继续问：“你是欧文先生的朋友吗？”

站在吧台边的欧文立即回答：“不，我今天晚上刚认识的他，几分钟之前，他想借我的电话用。”

汤姆的眼睛里仿佛闪过了一道光，立即问：“是吗？迈尔斯先生，原来你不住这里！”

“是的，我不住这儿。”

“你想说，你的汽车也恰巧抛锚了，是吗？”

“不完全是……”迈尔斯全然没有了刚才质问汤姆时的那种底气。

“那你说说是怎么回事。”

“我和一个有夫之妇出来度周末，结果她的丈夫突然出现了……”瞬间，迈尔斯的脸上开始流汗了。

汤姆继续问：“那个有夫之妇是谁？”

“如果你真是公路警察，我觉得我没必要告诉你这些。”

“你这么说是什么意思？什么叫‘如果我真是公路警察’？我不是已经告诉你我的身份了吗？刚刚的身份证你没看见吗？”

“虽然你带着警徽，不过这不能说明，这个警徽就是你的。”

汤姆把嘴唇用力一抿，瞪大眼睛对迈尔斯说：“你到底想怎样？先生，你想说什么？你赶紧给我痛痛快快地说清楚！”

“我没想说什么啊，”迈尔斯说，“我只是想说，有一个疯子正在浓雾中游荡。”

“你的意思是，你连一名执法人员说的话也不相信？”

“小心一点总没错。”

“行！”汤姆说，“不过我自己也是这样，迈尔斯，你住在哪里？”

“我住旧金山。”

“你今晚打算怎么回家？”

“我正准备打电话，让我的另一个朋友过来接我。”

“哦，另一名女朋友吗？”

“不是这样！”迈尔斯有些急躁。

“好，那我告诉你，一会儿你跟我走，到我停车的地方，等修车的把车子修好之后，我就开车把你送到B镇的警察局去，你可以在那里给你的朋友打电话。”

听完这话，迈尔斯的太阳穴都跳了起来，他用余光瞥了一眼汤姆。

“你对我的这个提议不太满意吗？”

“我可以在这里打电话。”

“没错，不过，他毕竟是一位陌生人，你不觉得太打扰别人了吗？”

“你才是个陌生人呢，我才不想和你走到外面的迷雾中去。”

“不，我认为你会的。”

“不，我讨厌你的那双眼睛，还有你看我的眼神！”

汤姆以一种柔和但冷硬的声音说：“我也讨厌你的举止，你编的故事，还有你看人的那副样子，迈尔斯，我们走吧，立刻，马上！”

听着他们俩的对话，站在酒吧那儿的欧文突然觉得毛骨悚然。

迈尔斯朝欧文站的方向走了一步，汤姆立刻从腰际掏出一把手枪，对准迈尔斯的胸口。欧文在一旁吓得喘不过气。

“你给我到外面去，迈尔斯先生！”汤姆厉声说道。

迈尔斯顿时脸色苍白，汗水顺着鬓角流了下来，他痛苦地摇了摇头。汤姆向他步步逼近，而他则步步后退。

“不，别让他这样！”迈尔斯绝望地对欧文喊道，“别让他把我带走！”然后，迈尔斯一直死死地盯着汤姆的手枪。

欧文双手一摊，说道：“无能为力。”

“做得好，欧文先生，”汤姆说，“这件事交给我来处理就行了，我会在最后将结果通知你的。”

就这样，欧文眼睁睁地看着汤姆把迈尔斯带出门去，一路上，迈尔斯在大叫些什么，随后，前门“砰”的一声被关上了。欧文赶紧从自己的口袋里掏出手帕，擦了擦额头的汗珠，随后将手里的酒杯倒满，一饮而尽，随后又倒满了一杯，一饮而尽。之后，他快步走到前门那儿。

此时，外面非常安静，只听得见远处的海浪有节奏地拍打海岸的声音。汤姆和迈尔斯的身影消失在黑夜的雾气之中。欧文从墙角拿起油灯，点亮之后，拿起铁锹，沿着楼梯，回到了屋外的那条被浓雾笼罩的小路上。

他一边走，一边琢磨：迈尔斯和汤姆这两个人，究竟谁才是真正的疯子呢？不过，这都是次要的，现在最要紧的事情，是迈尔斯可能会提到坟墓的事。所以欧文决定，必须将尸体挖出来，重新找个地方埋下去。

只有等这件事情处理妥当之后，他才能彻底地放心，对未来的生活进行规划。毕竟，钱是用来花的，特别是当你非常富有的时候，更应该花钱。但非常遗憾，他的太太掌握着家庭的经济大权，可是他的太太不愿意花钱，他也无法说服。现在好了，所有的钱财都被他掌握，他想怎么花，就怎么花。

欧文将油灯摆在了坟墓边上，然后一锹一锹地把被他掐死的妻子重新挖出来。

这个时候，第三个陌生人出现了，他的手里拿着一把又长又尖的刀，慢慢地从迷雾之中爬了出来……

送狼入室

道尔丁身材魁梧，看起来和一尊没有经过仔细雕琢的石像差不多。一双眼睛冷冰冰的，感觉就像阿拉斯加地区的高寒冻土。不管是谁，在认识他的第一个月里，都不会感觉到他的脸上有非常明显的感情变化。

可是这一次，他的表情变了。他俯下身子，朝我探过身来，那张脸虽然看起来依旧冷漠，却明显地表现出了一种不信任。他用那双冰冷的眼睛打量着我，然后说："刚才的话，你再给我说一遍？"

我清了清嗓子，放慢了语速，将刚才的话又非常清晰地重复了一遍："我是说，假如你的太太突然去世了，你会不会为此感到高兴？"

我说完之后，他朝四周望了望，发现除了我们俩，就只有3个年纪较大的人在酒吧的另一头聊天。实际上，整个温泉乡村俱乐部的酒吧里根本就没有几个人。

当确定周围不会有人偷听之后，道尔丁开始把目光移回到我的身上，然后压低声音说："卡尔，你到底要表达什么意思？"

"没有什么意思，我只是想想而已。"

"那些想想而已的事情，我可不关心。"

"哦，你真的不关心吗？难道你不是想着，如果你的太太死了，你就能继承她所有的财产？此外，如果她真的死了，你就能名正言顺地跟那个叫作瑞拉的女人结婚了。我说得不对吗？”

听我这样一说，道尔丁瞬间表现出一副目瞪口呆的样子。

“我可知道瑞拉的事情，而且在我看来，她是一个非常可爱的女人，性感而富有魅力，这些东西，你那脆弱而古板的太太又怎么能比得上呢？”

他盯着我看了很久，然后端起面前的酒杯，猛地喝了一大口白兰地。他想极力控制自己的情绪，不过，整件事情的王牌如今握在我的手里，我又怎么会轻易把它放出去呢？

我接着说：“其实你非常清楚，那些被疾病缠身的中年妇女，她们可能会遭遇意外，也可能会遭遇心脏病这一类疾病的困扰，甚至可能会有自杀的倾向。只要她们想死，就不愁找不到方法。”

此时，道尔丁显得非常紧张，他的呼吸都变得急促了。他沉默了一会儿，然后问：“卡尔，你究竟是什么人？你真的只是一个财务专家吗？我们是在 4 个星期之前认识的，但那次相遇，真的只是偶然吗？你那次跟我聊天，真的只是随便聊聊而已吗？”

“其实，你都没说错。”我没有说别的，只是微微一笑。

“你究竟是什么人？”他有些不安地问。

我耸了耸肩，表现出一副满不在乎的样子，然后说：“你可以把我看作是一个为人分担忧愁、帮人解决麻烦的人。”

“你是个杀手，而且是个职业杀手。”他的声音听起来很有意思，里面除了有一种惊恐不安的因素，还夹杂着一些其他的情感。不过，看来我已经占据了整个对话的主动权，我已经成功地套上了他。

“对于你刚刚说的那个词，我并不介意，而且，如果就我的职业而言的话，你的概括基本正确。”我回答。

“既然如此，你怎么能加入温泉乡村俱乐部呢？按理来说，你是不可能获得会员资格的。”他问道。

“不，我可不是会员，但我的朋友是。道尔丁，其实我的生活并不神秘。相反，我的日子过得非常平常，就跟普通人一样。”

道尔丁似乎在考虑着什么，然后说：“看来，你是在向我推荐你的业务了？”

“你可以这么理解吧。”

说完之后，我们相互对视了一会儿。道尔丁此时问：“那你觉得，我现在应该做什么事情呢？”

“我怎么知道？”

“我要送你去警察局！”

“警察局？不，我敢打赌，你不会这么做的。”

“你可真自信，好吧，我确实不会。”他在说话的过程中，一双眼睛一直在死死地盯着我看。

“嗯，我一直觉得，你不会那么做。当然，即使你做了也无所谓，我矢口否认就行了，因为你没有任何证据。如果到时警方真的对我进行详细的调查，他们可能还会惊讶地发现，我在我的家乡还是一名守法模范公民呢。”

此时，道尔丁的脸上开始露出微笑。不过，那种笑意，似乎无法融入他那冰冷的眼神之中。“卡尔，我敢打赌，你一定仔细调查过我。”

“可以这么说吧。”

“你是怎么知道我的名字的？”

“这不是什么难事，毕竟我在这里也有很多朋友。”

“他们都是你的暗探吗？”

“他们叫什么，都无所谓。”

他从口袋里掏出了一支雪茄，然后拿出一把金剪刀，将雪茄的末端剪掉，接着用一个纯金的打火机将雪茄点燃。他透过烟雾望着我，然后问：“你开个价吧。”

“很好，我最喜欢跟做事干脆的人做生意。10000 元，事前预付一半，剩下的等完事之后再付。”我说。

“这样吧，你让我考虑考虑，我这人向来不喜欢草率地做决定。”道尔丁说这句话的时候，脸上的表情看起来跟平时没什么两样。他似乎又变成了平日里的那个道尔丁，给人一种镇定、自信且善于打算的感觉。

“没关系，你可以先考虑着。”我说。

“这样吧，明天晚上 9 点，我给你答复。”

“没问题。如果你同意，明天来的时候，就带 5000 元的现金过来。别给整钞，我喜欢小面额的。另外，记得带上你们家的户型结构图。”

道尔丁朝我点了点头，然后站起身来说：“行吧，今天先到这儿，明天见。”说完，他便转身走出了酒吧的大门。

第二天晚上，我如期来到了酒吧喝酒，等我喝到第二杯时，我注意到，道尔丁进来了。这时刚好 9 点。等侍者从我身边离开之后，我举起酒杯朝他晃了晃，他看到之后，立即走到了我的桌子边。

“挺准时的啊！”我非常愉快地说。

“我向来不喜欢迟到，这是我的原则。”

“这种品德真不错。”

“我还有另外一个原则，只要能正面解决的事情，我就不喜欢拖拖拉拉绕弯子。”他将手伸进了外套的内胆里，然后拿出了一个信封。他轻轻地将它放在我面前的桌子上，用手在上面拍了拍，说：“里面一共有 5000 元。”

我直接将信封收了起来，也没有具体点数。“很好，平面图带来了吗？”

“带来了。”说完，他将卷着的一张纸放在桌上摊平，然后足足花了 5 分钟的时间向我讲解其中的内容。介绍完之后，他直接问我：“什么时候能够动手呢？”

“你想什么时候动手，我都可以满足你的要求。”

“要不星期四晚上吧？到时，我会想办法，让我太太一个人留在家里，并且我会将家里所有的仆人统统支走。”

“家里的那条狗你打算怎么办？”

“你连这个都知道？”他扬了扬眉毛。

“肯定的。”

“这你不用担心，我会想办法将它们都拴起来的，保证不会给你添麻烦。”

“很好，最后我还有一个要求，平时供仆人进出的那扇门不要上锁。”

“照你说的办。”道尔丁略微沉思了一会儿，然后问，“现在你能告诉我，你大概准备怎么做了吗？”

“你就那么想知道？”

“我只是想大概了解一下情况，你不用跟我说细节。”他回答。

“整件事情看上去会像是一桩意外，之前有一个相关的统计，数据表明，平均每五起家庭意外事件之中，就会有一起意外与死亡有关。”我回答。

听到这里，道尔丁不禁冷笑了一声：“这个统计还真是够无聊。”

“哦？”我端起桌上的酒杯，然后说，“不管怎样，道尔丁先生，这一杯酒我先敬你。当然，连同瑞拉一块儿。”

“瑞拉？”道尔丁有些意外。此时，我能明确地感受到，暗藏在他眼神当中的那一丝冰冷瞬间就融化了不少。

我没有说什么，只是微笑地看着他，然后喝干了杯中的酒。

到了星期四的晚上，我在午夜之前赶到了道尔丁的家，并且将车子停在了一个安全的地方。他家的围墙很高，上面还长满了青苔，我小心翼翼地沿着这堵围墙往前走着，并且穿过了一片矮树林。我在一个相对隐蔽的地方停了下来，戴上了一副薄手套，然后非常轻松地翻过了围墙。

里面没有灯光，黑漆漆的一片，我非常谨慎地穿行在院子里长满树木的草坪上。道尔丁做得不错，他家的那条狗没有在这个时候给我添麻烦。

很快，我就摸到了平时供仆人们进出的那扇门。我轻轻地推了一下，门并没有上锁。我拿着一支微型手电悄悄地潜入了屋子里，然后轻轻地将门带上了。我并没有急着深入屋内，而是仔细地在门口听着，看看屋里有没有响动。

我仔细地回忆了一下道尔丁给我看的那幅平面图，打开手电之后，我用左手遮住了电筒的光圈，然后悄悄地来到了里屋。当我走到楼梯的底端时，似乎听到了一阵细微的响动。于是，我连忙躲到了楼梯的后面，然后仔细地辨别着那细微的声响。后来我才意识到，楼梯上传来的那阵细微的响动，正是道尔丁太太的鼾声，此外，便是屋里那座大钟的钟摆声。

此时，我心中非常愉快地祝福道：道尔丁太太，希望你能睡个好觉，做个美梦。

想到这里，我便转身离开楼梯口，进到了道尔丁的书房里。我在他的书房里整整花费了 11 分钟，才找到了他的保险箱。他居然将保险箱嵌在墙里！好在那只是一个传统的保险箱，我知道该怎么处理。不一会儿，我就将它打开了，里面差不多有 2000 元的现金，一条钻石项链，两副耳环，还有一些公债，我点了一下，价值应该不低于 15000 元。

我将这些东西统统装进了我的口袋里，前前后后花了我差不多 3 分钟的时间。接着，我便悄悄地沿着进来的路走了出去。

当时，我心中其实有一个邪念，我真想亲眼看一看，当道尔丁回来之后，发现他的太太居然还活着，可保险柜里的东西已经被洗劫一空时，他脸上的表情究竟会是怎样的。

其实，我这样做并不是因为别的，只是因为他这个人平时过于冷漠无情，从一开始，我就对他深恶痛绝。

死亡预言

杰里是一家食品店的老板，大约只有30岁，头发乌黑，整个人看起来非常帅气。他的小办公室里有一张看起来有些粗糙的松木桌子，他此时正坐在这张桌子的后面。他的太太叫路易斯，头发是红色的，体态非常臃肿，她此时正拖着胖胖的身躯在办公室外面接待客人。

然而，杰里的脑袋中想到的是另一个女人的身影，那个女人就是约翰太太，她来店里购物的情景，就像放电影一样在他的脑海中快速地掠过。他仿佛觉得，那个气质高雅、身材娇小、说话轻言细语、富有魅力、举止优雅、彬彬有礼的女人，就站在他的面前。她的丈夫是一位非常有名的律师。

一次偶然的机会，杰里看到了约翰。当时，他走到店外去透气，约翰正好从他的店门口走过，要赶往火车站。约翰每天上班都要搭乘火车。他仪表堂堂，从他身上穿着的昂贵套装和手里提着的真皮公文包就能看出，他应该是一个有些本事的人，或者可以说，他的收入非常可观。

杰克在心中暗自琢磨，如果他能和约翰享有同等的教育，他也一定能成为一个像约翰一样优秀的律师，在律师界出人头地。他甚至还幻想过，他的地位无人能及，能够在法庭中，通过自己过人的口才、独到的经验、缜密的逻辑，将重重谜案一一揭晓。他还幻想过，如果运气够好，他还能成为一名非常有名的外科大夫……

想到这里，他的思绪又绕了回来，回到了那个金发碧眼、惹人怜爱的约翰太太身上。杰克心里很清楚，他暗恋着那个女人。

尽管约翰太太最后一次来他的店里购物时，杰里曾经向她示爱，不过，约翰太太本人根本就没这么想过。当时的场景瞬间又浮现在了杰里的脑海里。

那天傍晚的时候，杰里提前让路易斯回家准备晚饭了。就在她走后不久，约翰太太来到了他的店里，不过看起来有些气喘吁吁的。“杰里先生，你好！今天天气真不错，真是让人心情愉悦的一天。”

“没错，”杰里回答，“约翰太太，我觉得现在这一刻，更是让人赏心悦目。”说完，他故意挤出了一个和和气气的笑脸。

杰里仔细地打量着约翰太太的表情。她那双淡绿色的眼睛起初显得惊讶不已，随后就露出了一种非常愉悦的眼神。他坚信自己的判断不会有错，他相信，自己是众多女人心目中的偶像，哪怕是那些常来的女顾客也对他颇有好感，这自然也包括约翰太太。她现在沿着货架来回地走动，假装在挑选食品，其实是为了掩盖内心的那一丝愉悦的心情。

过了一会儿，他觉得时机差不多快到了，便漫不经心地对她说：“约翰太太，我觉得有些奇怪。你来我这里，只是买肉、沙拉或者是乳酪，我们之间也只是生意往来的关系，我们的情谊好像还没有扩展到其他的方面……所以，我觉得，我们有必要好好交往交往。当然，我指的是私人的交往。”

她停了停，说：“如果到了某个程度之后，我觉得我们的关系是可以进一步深入的。但是，我有点不太明白，你具体说的是什么？”她看起来有些惊讶。

“不，我只是想说，能够认识你，并且能够经常在店里看见你，我感到非常高兴。”杰里笑着说。

听完杰里的话，她点了点头，随后非常冷静地问：“还有别的原因吗？”

此时，他感到心里激起了一阵冲动。他似乎有些后悔，自己之前为什么没有这么问。“嗯，我就是觉得，我们应该好好认识认识。”

“我们该怎么认识呢？”

“嗯……比如……比如我们可以去喝一杯，而且最好是现在就去。让我先找个合适的地方。”

约翰太太在一旁沉默不语。

杰里继续说：“我的妻子已经回家了，她做饭去了，你知道的，我经常很晚才能回去。”

“这我知道。”

“另外，我知道你的先生在城里工作，因为我有时在这里待到很晚，还能够看见他从火车站走出来。”

“没错，因为他平时每天要工作很久，所以选择走到车站，下班的时候也选择走回来，这是他的运动方式。”她的回答非常干脆，“对了，你刚刚说要和我喝一杯，你是说现在吗？”

“我知道，半岛那儿有个不错的地方，之前我去过一次。那里的人既不认识我，也不认识你。不过没有关系，我们可以只当作在讨论你要宴请客人该准备什么样的食物，对吧？既然如此，我们在一起喝喝小酒又有什么关系呢？我觉得这种事情，在现在这个年代，根本就不值一提。”

约翰太太立即问：“你就这么相信，我会跟你去？”

“我还是希望你去的。不过，我的汽车被我的妻子开走了，但没关系，我们可以……”

“你是想说，我有车，对吗？”

“不，我可以先走回家，然后你开车过来，在半路接我上车。这样一来，别人就会以为，我只不过搭了个便车而已。你觉得这个主意怎么样？”

她摇了摇头，然后认真地看着杰里，“杰里先生，我已经结婚了，我和我的丈夫过得很幸福。他很优秀，我们之间也相互关爱。要是我给你留下了什么不好的印象，还希望你能多多原谅，但是，如果我的某些行为真让你觉得有些什么的话，很抱歉，我是无心的。对了，麻烦你点一下，这堆东西一共多少钱？”

在他清点物品的时候，他突然间觉得，他和约翰太太之间是没戏了，不过，他的内心仍旧坚定地认为，约翰太太对他是怀有好感的，只是出于某些原因不便说出来而已。他坚信约翰太太嘴里说的婚姻与幸福，都不过是约翰的金钱和利益在作怪，她之所以拒绝，只是担心这一切都变成泡影而已。

“要是约翰这层障碍不存在的话，情况会变得怎样呢？要是这种情况真的发生了的话，她又会有怎样的表现呢，”杰里在心中自言自语道，“如果真是这样，约翰太太一定会爱上我的！”

一个冰冷的声音传入了杰里的耳朵：“再见，杰里先生。”此时，约翰太太已经将零钱装进了钱包，并且拎着买好的东西，走出了门外。

这件事发生在3个星期之前，自那之后，约翰太太再也没有来过。他似乎知道其中的原因：她担心可能把持不住自己，信念会发生动摇，这样一来，就可能会危及她和约翰之间原本稳定的婚姻关系。所以，只要约翰不在的话……

“杰里！杰里！”办公室门外传来一阵急促的叫声。他一下就分辨出，那是路易斯的声音。路易斯也很清楚，杰里一定把办公室的门给反锁了。这主要是因为，每当他不希望受到其他人的打扰时，路易斯总会不合时宜地出现在他的面前。

“有什么事？”他的声音显得很不耐烦。

“你在干吗呢？”

“有事在忙呢！”

“忙什么啊？”

“在忙需要一个人静下心来做的事情，不希望被别人打扰！”

“那你和我说说看呗。”

“你就没有别的事情要做了吗？就想跟我问这个吗？”

“其实，店里的乳酪卖完了。”

“你打个电话再进点货不就行了吗？”

“你什么时候出来啊？”

杰里已经极不耐烦了。之前，他曾经认为，这个女人极富魅力，但如今……“等我出来的时候，我会跟你说的，你先走吧。”

“你什么时候出来？”

“也许我永远都不会出来了！”

门外似乎安静了，当确认她不会再啰啰嗦嗦地问一大堆之后，杰里便开始继续憧憬和约翰太太在一起的日子。突然，他用钥匙打开了办公桌上的唯一一个抽屉。他的心里现在只想着约翰，想着这个唯一阻碍他成功得到约翰太太的人。他在做着各种设想，只要约翰不在了，约翰太太就会对他投怀送抱，所以，只要……

想到这里，他立即从抽屉里拿了一张纸出来，将桌上的一支笔握在手里，然后开始满脑子地幻想。他是一个擅长写信的人，之前有很多人曾经问他，为什么不把这种才能用于小说的创作之中，这样一来，不仅能够获得一笔不菲的收入，同时还能收获很大的名望。但这一切放在目前来看，都是以后再说的事情，眼下要做的，是另一件更为要紧的事情。他随即提笔写道：

亲爱的约翰太太：

尽管你只是我店里的一名顾客，但我一直以来都对你敬仰不已。听到你先生约翰过世的消息，我感到万分难过，谨以一封信表示慰问，还希望你能多多保重。

杰里夫妇敬上

看着已经写好的信，杰里读了一遍又一遍。然而，他丝毫没有感觉到舒畅，取而代之的是一种莫名的沮丧感堆积在了心头。如果这封信里说的事情成为事实的话，该是一件多么让人高兴的事啊。不过，他相信，总有一天，这封信能够发挥它的作用。他将信小心翼翼地折好，并且放回了抽屉。随后，他锁好抽屉，关好店门，然后回家向他的太太路易斯发泄情绪去了。

那天晚上，他在床上翻来覆去睡不着，满脑子想的都是约翰太太。他最后不得不从床上爬起来，坐在客厅的沙发上发呆。他此时只在琢磨一件事，如何让自己梦想的那件事变为事实……

第二天，他像往常一样来到了店里。不过，他的脸整天都是阴沉沉的，并且他坐在店里一言不发。看着杰里的样子，路易斯有些焦急地问："你到底怎么了？坐在那里就知道发呆，连骂都不骂我了。快跟我说说看，到底发生什么事了？"

他仍旧只是呆呆地坐在那儿，一声不吭。

"你有什么心事，说来让我听听。"

杰里终于说话了："路易斯，这跟你有关吗？"

"我就是想知道，你到底出什么事了。"路易斯回答道。

"你回去做饭吧，我想吃通心粉沙拉。"

等回到家之后，杰里匆匆忙忙地吃完晚饭，然后起身对路易斯说："晚上我会很晚才回来，今天得把账目清了。"

"哦，那你去吧……"

"对了，别有事没事打电话，我需要工作，不要跟我用电话聊天，我不喜欢，你明白吗？"

"好吧……我真是搞不懂你。"

等他开车离开家的时候，最后一次在店里见到约翰太太时的情景又浮现在他眼前。他坚信，约翰太太眼里流露出来的，是对他的款款深情。不过，要是她对失去丈夫以及财产都表现得非常淡然，那又该怎么办呢？

杰里转而想到，一旦把约翰除掉，约翰太太仍旧能将约翰名下的财产和保险统统继承下来，而且这样一来，横亘在他们之间的障碍就消除了，他和约翰太太就能在感情上自由往来了，这是不言而喻的事情。只要开头做好了，他就能和约翰太太长相厮守地过一辈子。接下来，他只需要跟路易斯离婚，然后就能和约翰太太永远在一起了。

他开着车来到图书馆，在索引上寻找书目，最后来到指定的书架旁，将有关于汽车修理的书借了出来。他仔细地在书中寻找有关于弯铁钩、挫钥匙以及热金属线的知识，然后将找到的一切资料都仔仔细细地记录在了自己带来的笔记本上。离开图书馆之后，他又去了火车站，拿了一份详细的列车时刻表。回到店里之后，他仔细阅读了从火车站和图书馆里弄来的两份资料。

天黑之后，他从办公室里走了出来，来到了店门口附近的窗前，他熄了灯，静静地坐在那儿。过了一会儿，一个身材瘦高，手拿公文包的人影出现在了窗外的街道上。杰里很快就判断出了约翰搭乘的火车车次——8 点零 6 分的那趟。

第二天一早，杰里让路易斯看店，他开车去半岛那边的一个小镇上购买了一些工具，随后开车回到了家里，并将新买的工具存放在车库中。他在车库里设置了一个小小的工作台。他把钥匙放进口袋里，然后开始了他的实验过程。对于机械方面的内容，他似乎很有天分，一点就透。大约到了中午时分，他就已经能够熟练地掌握一门新技术了。他现在即使不用自己的车钥匙，也能打开车门并且发动引擎了。看到这一切，他露出了一种满意的微笑。随后，他在车库里找了一个旧箱子，将这些工具放到了箱子的底部，接着装出一副若无其事的样子回到了店里。

“整整一个上午，你去哪儿了？”看见杰里的身影，路易斯连忙问。

他没有回答，只是随意浏览了一下货架，然后说：“凉拌生菜丝快没有了，该添一点了。”

之后整整一个星期的晚上，他都蹲守在店里。正如他所掌握的情况那样，约翰会在每天晚上的同一时间经过他的店门口。之后，杰里就会悄悄地跟在他的身后，探清他的路线。约翰的生活非常有规律，他每天都坐同一趟车回家，走同一条路，甚至是马路的同一侧，他会在同一个街角拐弯，然后回到他宽敞明亮的家里。约翰太太也清楚地知道这一点，所以每天都会准时地打开家门，迎接他回家。

星期五的晚上，他和平时一样跟踪到了约翰家附近，他又一次目睹了约翰太太热烈的欢迎仪式。不过，和以往不同的是，杰里的心早已飞了出去，他假想自己已经代替了约翰，在接受约翰太太的拥抱。

等他回到家的时候，路易斯又开始了往日的抱怨。他现在每天晚上都要出门，这让路易斯非常不高兴。不过，对于路易斯的抱怨，杰里根本没有放在心上，相反，他现在内心非常激动，因为他开始精心安排星期一的伟大计划了。

星期一的晚上，距离约翰平时搭乘的火车到站还有半个小时，杰里带着从镇上购买的工具、一副薄皮手套外加一只小手电，然后开车出门了。临走前，他告诉路易斯，他去了店里，要将这段时间的账目清理一下。

通过连日来的跟踪，他发现，路上的两棵大橡树的下面总是停放着一辆蓝色的轿车。他决定将这辆车拿下，一方面，这辆车停放的地方刚好属于他所居住的小区，另一方面，这里距离约翰夫妇居住的高级公寓不是太远，只有 3 公里。

在距离那辆蓝色小车两条街之外的地方，他挑了一个位置停车，然后带着必要的工具，非常镇定地走下车来。在打探过周围的情况之后，他很高兴上天为他设立了这样一个绝妙的环境。此时，周围一个人都没有，而且正对着的院子里也没有灯光，人们应该都在后院活动。

他熟练地戴上了手套，借着手电的光亮，轻松地发动了这辆蓝色的小车。他开着车飞速地跑了 3 公里，停在了事先计划好的位置上，但并没有关掉引擎。这里是约翰下班的必经之路，而且再过 5 分钟，他就会从这里经过了。杰里屏住呼吸，静待约翰的出现。时间就像停滞了一样，他能够清楚地听见自己的呼吸声，而且握着方向盘的手在微微颤抖。

突然，透过小车的后视镜，杰里看见了一个熟悉的身影。那个人正是约翰，他出现在了小车的后面，然后缓缓地从车旁经过，朝着前面的十字路口走了过去。

杰里仍旧在车里耐心地等着，当他发现约翰走下了人行道，准备横跨马路的时候，他一脚踩下了油门，整个车轮瞬间开始高速旋转，橡胶与地面发生激烈的摩擦，不住地传来打滑的“吱吱”声，随后，车子立即全速驶向路口。约翰正走在马路中间，面对突然朝他驶来的汽车，他先是有些犹豫，随后露出惊慌的表情，本能地朝路边一闪。接下来，就像梦一般，整件事情就这样过去了……

杰克并没有停下来，他仍旧开着这辆蓝色的小车在飞驰着，直到开到距离事发地三条街远的地方，他才从车里跳了下来，然后用跑步的方式远离那台肇事车辆。他一口气跑回了家，并且将作案用的工具放回了车库的那个箱子里。等他走到屋子里的时候，路易斯仍旧和往常一样在不停地抱怨他。

杰里似乎已经对此免疫了，他就像什么都没发生一样，径直回到卧室休息。他似乎在等待着什么，或许是电话铃响，或许是门铃响。但等了一个通宵，什么也没有发生。

尽管一个晚上都没有合眼，但杰里第二天一早就像什么都没发生一样，开着车，带着路易斯往店里驶去。他装出一副精神抖擞的样子，并且在路上买了一份当地的早报。他注意到，报纸的头版刊登的就是约翰遭遇的意外事件。对于其他的新闻，他看都没有看一眼。到店之后，他立即去了办公室，然后开始仔细阅读头版上刊登的这条新闻：

（本报讯）著名律师约翰遭遇横祸，命悬一线。本镇著名律师昨天晚上于下班回家的路上意外遭遇车祸，约翰伤势严重，肇事者从现场逃逸，截至本报发稿时，仍没有肇事者的任何讯息。另，据警方透露，在案发前的数分钟，警方曾接到肇事汽车的车主报案，车主声称停在家门口的汽车被盗……

杰里看到这里时，脸上露出了会心的微笑。他将眼前的报纸揉作一团，然后扔进了垃圾桶里。现在，最大的问题已经解决了，他相信自己做得非常完美，一点痕迹都没有留下，他觉得，是时候考虑一下未来的计划了。

他从口袋里摸出一把钥匙，打开了办公桌的抽屉。他想起了那封之前就已经写好但一直没有寄出去的信。

可是，他惊讶地发现，那封信居然不见了。他坐在椅子上，心中感到一阵不安。然后，他突然像是想到了什么一样，猛地一下从座位上站了起来，然后挪到了办公室外面，冲着正在忙碌的路易斯大喊："你是不是翻过我的抽屉？"杰里显得非常生气。

路易斯起初只是眨了眨眼，然后瞬间就脸红了，结结巴巴地说："我……我……"

"快说！"杰里咆哮道。

"因为……我觉得你最近的行为都太不正常了，我觉得你对我异常冷淡，所以有些担心你。而且，我有些嫉妒，我觉得你的抽屉里可能藏着什么秘密。我觉得你可能在外面有什么人，所以将一些东西藏在了抽屉里，也许只是她的名字，也许只是她的电话号码。我知道抽屉有一把备用钥匙，而且就放在家里的五斗柜中。所以，三天之前，我就悄悄地拿着钥匙，将抽屉打开了。我当时在里面发现了一封信，由于你正好进来，我就没有细看。

“那天晚上，你吃了饭出门之后，我就悄悄地看了那封信。当时，我就觉得心中一阵愧疚。杰里，真的非常抱歉，我根本就不知道约翰先生去世的消息。你知道的，约翰太太是个好人，她跟我买过几次东西，我当时就觉得这个人非常有礼貌，所以我对她印象非常深刻。

“你的体贴与温馨也让我感到意外，居然想到给她写一封慰问信。我当时以为，你可能写好之后忘记把信寄出去了，所以我还特地从电话簿上找到了他们的地址，然后套上信封，贴好邮票，帮你把信寄了出去。我原本想把这件事告诉你的，但我又怕你生气，怕你怪我偷偷翻你的抽屉……”

此时，摆在墙边的电话铃声突然响了。杰里的两只眼睛死死地盯着路易斯，嘴里喘着粗气，退到了电话机旁，然后摘下听筒。过了好久，他才觉得自己能开口说话了，“喂！”

电话那头传来了一个熟悉的声音:“请问你是杰里先生吗？”

“是我。”瞬间，他的声音就软了下来，好像在耳际窃窃私语一样。

“我今天早上收到了一封信，是你两天之前寄来的……”瞬间，那冰冷的声音似乎就冻结了，过了好一会儿，电话那头突然传来了一阵尖叫声，“你怎么会在两天前就知道，我会变成寡妇的？”

杰里只是握着听筒，站在墙边发愣。他似乎能够预想到，接下来会发生什么事情了。

一旁的路易斯以一种近乎恳求的眼神在凝视着他，不过，杰里此时眼中只剩下了绝望的愤怒，在他的眼里，路易斯的影像渐渐地变得模糊了。

藏身之处

尼克此时正躺在一棵枝繁叶茂的橡树下面，头靠在从泥土里突出来的树根上面，他感到非常不舒服。他腰间裹着一件囚服，豆大的汗珠从他脸上淌了下来，他浑身感到黏糊糊的。他在地上躺了很长一段时间，急促的呼吸才渐渐变得正常。

他看了看太阳的方位，打算以此来大致判定一下现在的时间。早上6点的时候，他从囚犯接受劳教的地方逃了出来。现在，至少应该有9点了。他曾听监狱里的一个人说过，这片沼泽的北面有一条铁路。于是，他从逃出来的那一刻就一路向北狂奔。不过直到现在，他也没有看见铁路的影子。

他从地上坐了起来，随后背靠着树干，用袖子擦了擦流到眼睛里的汗水。他再次抬了抬头，估算了一下时间。不过，透过头顶上那片繁茂的枝叶，他只能看到一片小小的天空。

此时，他一想到自己轻信了监狱里那个人的话，就非常生气。关键是，那人告诉他的时候还显得一本正经，再加上那个人是当地人，在监狱里度过的时间比其他人都长，尼克觉得他没有理由不相信那个人。想到这里，尼克的内心又开始不自主地骂他。

尼克在高高的围墙里辛辛苦苦地劳作了4年，为的就是能以良好的表现换取到墙外工作的机会，从而让自己有机会从这个鬼地方逃出去。不过，他现在将事情搞砸了，这一切都是那个老笨蛋的错！

一想到此时对自己非常不利的局势，尼克就忍不住叹气。此时，监狱一定布下了天罗地网，在四处搜罗他。如果他继续一动不动地留在沼泽地里，监狱里的警察一定会在很短的时间内抓到他，并且会让他接受更为严厉的惩罚。

他甚至能想象到，回到监狱之后的情景，他可能会被关进一间小黑屋里饿个半死，然后再被发配到石料厂做苦工。他可能在这个过程中被活活累死，也有可能幸运地撑到刑满释放。不过，由于有逃跑的情节，被抓回去之后，他一定会被额外加5年的刑期。他此时对那个老家伙简直恨之入骨。

想着想着，他突然又倒在地上睡了起来。一连几个小时的连续逃跑，加上内心的过度担忧，此时的他已经心力交瘁。可是，没过多久，他突然本能地醒了过来，因为他突然感觉到自己边上还站着另外一个人。此时，他警觉地睁开了眼，发现身边站着一个女孩。

这个女孩看起来最多17岁，身穿一件短衬衫，搭配着一条蓝色的牛仔裤。不过，她的眼神中没有丝毫的恐惧和不安，她静静地站在那儿，显得非常镇定。

尼克抬了抬头，尽量控制住自己的言行，以免吓到她。他可不想节外生枝，让这个女孩一边哭，一边尖叫着跑出丛林，让别人以为，他对这个女孩做了什么过分的举动。不过，正当尼克琢磨着要怎么与这位女孩说话时，她反倒先开口了："看样子，你一定就是那个逃犯！刚刚爸爸给妈妈打电话的时候，说有个犯人从监狱里逃了出来，他让我们躲在家里，不要到外面随便乱跑。"

尼克眨了眨眼睛，然后舔了舔自己的嘴唇，说："不过，你似乎并没有听他的话啊，你现在居然和这个逃犯单独待在一块儿，你就不怕他们担心？”尼克在说话的过程中，仍然尽量让自己保持镇定。

女孩生气地说：“我才管不了那么多呢！谁让我爸爸跟我吵架，我管他担不担心呢，反正我们俩吵翻了。”

“你到现在还在生你爸爸的气吗？”

“这和你有什么关系？”

尼克点了点头，然后从地上坐了起来，勉强地笑了笑，说：“嗯，你说得对。不过，我现在的这个样子是不是吓着你了？”

女孩看起来有些严肃，她认真地说：“没有，你以为你很吓人吗？你要是洗个澡，然后换件衣服，看起来和普通人根本没什么两样。”

“是吗？谢谢你的夸奖。”此时，尼克心里在盘算着，如何让这个女孩帮助他从这个鬼地方逃出去。

看着坐在地上沉思的尼克，女孩不禁问：“你还躺在树下做什么呢？你停在这儿，难道想被他们抓住吗？”

“其实，我现在已经不知道要往什么地方跑了。事实上，我一直在找铁路。我的原计划是要跳上一列火车，这样我就能顺利离开这里。不过，我似乎跑错了方向，根本就没看见铁路的影子。”

女孩点点头，告诉她：“你确实跑错了方向，铁路在小镇的另一边。不过，哪怕你现在赶到铁路边也没什么用，因为那条铁路只会在每天早上 5 点钟有一趟运货的火车经过。要想赶上那趟车，可不是一件容易的事。”

尼克仍坐在地上，他在估算自己需要多快的速度才能一把将这个女孩抓住，然后利用她当人质。这样一来，警察们也许就会老老实实地听他的话了。

“你为什么不找个地方躲起来？”女孩的话语显得有些严厉。

“我不知道哪里可以藏身。”

女孩此时折下一朵野花，然后一瓣一瓣地将花瓣扯下来。她漫不经心地说：“我知道有个藏身的好地方。”不过，她说完这句话，就装作故意不搭理他，然后在一旁静静地哼着歌。

尼克显得有些意外，他皱起眉头问：“那是个什么样的地方？”

女孩显得有些得意，慢慢地说：“那是一个非常神秘的地方，而且……那里只有我一个人知道。”

“哦，那个地方安全吗？我能从那儿赶上明天早上的火车吗？”尼克显得有些激动。

女孩看了看尼克，然后说：“当然，那是一个非常安全的地方。我刚刚不是告诉过你了吗，那个地方只有我一个人知道。而且，只要你愿意，你在那里面躲一辈子都没有问题。”

“那里离这里远吗？”

“嗯……不是很远，不过，也不是很近，因为我们中途要从一条小河蹚水过去，不然的话，狗会顺着我们留下的气味，很快找到那个藏身地点。”

“狗？哪里来的狗？”

女孩有些惊讶地说：“你在监狱里居然连这个都不知道？他们要找你，肯定会牵着几条狗来，要知道，路克先生养的那三条狗曾经拿过比赛的冠军。以往只要有逃犯从监狱里逃出来，他们就一定会带着这几条狗到外面去搜索。”

“哦，我确实不知道这回事呢，我才刚刚被调到这边来，最多也就几个星期。”

此时，两人都沉默地站在那儿。尼克不停地打量着眼前的这个女孩，他的内心此时非常纠结，他不知道是该把她挟持为人质，还是接受她的热心帮助。不过，在尼克看来，女孩应该是非常愿意帮助自己的，否则她绝对不会将这样一个藏身地点告诉他。

“喂，你想不想去那个藏身的地方看看？”女孩终于说话了。

“想啊，不过，我不明白，你为什么要这么热心地帮助我呢？”

“你这个人怎么跟我爸爸一样。我必须要有足够的理由才能去做一件事情吗？我做事情就是喜欢看心情，难道这不可以？”女孩的话听起来有些尖刻。

“当然，你当然可以这么做。”

“如果你想去那儿，就最好快点跟我过去，我还有别的事情要做呢！”说完，女孩向一条通往沼泽深处的小路走去。

尼克看到女孩转身离开，犹豫了一会儿，随即马上站了起来，紧跟了上去。他们默默地走了10来分钟，起初是沿着一条小路在走，随后又拐到另一条小路上。不过，每拐过一个弯，尼克就觉得离沼泽的中心更近了一点。拐过几个弯之后，尼克觉得自己已经搞不清方向了，于是，他开口问那个女孩：“你那个秘密的藏身地点究竟在什么地方？”

“一会儿你就能看见了。”

“还要走多久？”

“很快就到了。”

尼克只能继续跟在后面走着。

很快，他们就来到了一条小河边。女孩脱掉了自己的鞋子，然后蹚入了水中。她向里面走了几步，然后回头对尼克喊道："快点跟上来啊，还站在河边干吗？难不成你怕水吗？"

尼克皱起眉头，问："水里面有没有蛇啊？"

女孩笑着说："你怕蛇？哈哈，这里当然没有蛇。"

随后，尼克连鞋子也没有脱，直接跳进了水里。他和女孩一起走到了河中央，然后向河的下游走去。

此时，女孩得意地说："嗯，狗应该找不到我们了。"

他们继续向下游走了一段路，然后走向了河对岸。上岸之后，女孩走到一块草地旁边，将自己的脚擦了擦，随后穿上了鞋子。她抬头看了看尼克，问："你还没有告诉我，你到底做了什么事情才被关到监狱里的。"

"哦，是因为偷窃。"尼克隐瞒了自己持枪抢劫还有强奸等罪行，因为他并不想吓到眼前的这个小孩子。同时，他还想让这个女孩对自己的遭遇产生一些同情。随即，他转变了话题，问："你为什么要和你的爸爸吵架呢？"

女孩生气地说："因为他太固执了。"

尼克坐在她旁边的草地上，脱下鞋子，将里面的水倒了出来，随后继续问："他在哪些方面表现得非常固执呢？"

"哪些方面？简直是所有方面！"她无比愤怒地说，"就好比说，小镇的服装店里有一条非常漂亮的黄色裙子，那条裙子只要 50 元，可是我的爸爸却说太贵了，最后也没给我买。"

尼克看了看眼前的这个女孩，说："也许你爸爸当时身上真的没那么多钱呢。"

"不可能的，他非常有钱。要知道，他可是我们镇上的药剂师，而且是唯一的一个药剂师。他要为整个镇上的医生开出的处方配药，怎么可能缺钱呢？”

“我觉得，你的父亲一定有他的理由。要知道，父母做一些事情，总有某些原因。”

“哼，在我看来，他就是一个老顽固！”说完，女孩就从草地上站了起来，随后沿着河边向前走去。她走了几步之后，又回过头来，对着还坐在地上的尼克说：“快点走啦！”

尼克最不喜欢别人指使他做事情了，他两眼露出凶光，向地上吐了一口唾沫，但还是从草地上站起身来，跟着女孩向前走去。

他们大约又向前走了两分钟，随后进入一条小路。这条小路虽然曲曲折折，但是越走到深处，视野反而越开阔。没过多久，他就可以和女孩并肩行走了。渐渐地，一片空地出现在他们眼前。女孩停了下来，回头对尼克说：“我们到了，就是这个地方。”

尼克看着眼前的这片空地，随后疑惑地问：“这是什么地方？”

“就是给你藏身的地方啊。”

尼克望着眼前的女孩，脱口而出道：“就是这里？你打算让我躲在这片空旷的平地上？”

她笑着说：“看来，这里真的是个好地方，因为你自己都没发现这里居然还可以藏人。”随即，她走到了空地的正中央，然后蹲了下来。她轻轻地拨开地上那些松散的泥土，然后移走覆盖在上面的一些青苔，地上渐渐显露出一道可以打开的活门。

尼克看到眼前的这些，感到非常好奇。他粗略地看了一下，发现这扇门是用木头做的，门上还安装着一个十字形的铁棍，门的旁边还有一根看起来非常沉重的铁质门闩，不过现在，门闩早已滑到一旁的水泥凹槽里。尼克仔细看了看，门闩上满是锈迹，看来已经很久没有被人移动过了。他顺着门口向下面望去，里面漆黑一片，什么都看不见。

女孩说："这个地方以前是罪犯们窝藏赃物的地窖。在我很小的时候，我就发现了这个地方，不过，我从来没有跟大人们提过。"说到这里，女孩的脸上露出了一丝骄傲的神态。

尼克有些狡猾地询问："从没有告诉过别人？包括你的男朋友或女朋友，甚至没有告诉过你的爸爸和妈妈？"

她非常肯定地回答："那是当然！如果从南北战争开始算起，不把我算在内，你可能是第一个知道的人。这地方以前可能是富人们的避难所。"

尼克眯了眯眼睛，目光一直向洞里打探着，他对这个地方很好奇，问："这个洞里面到底有些什么？"

"这里面只有我存放的一些东西，除此，什么都没有。我可以带你下去看看，里面只有一盒火柴、两根蜡烛。"随后，她沿着一个长满青苔的木质楼梯向下走去。女孩一直走到了最下面，此时，尼克还站在最上面张望。女孩显得非常不耐烦，连忙说："喂，你倒是下来啊！"

听到这种语气，尼克显得非常不高兴。4 年以来，他受够了这种被人呼来唤去的日子。不过，他还是想看个究竟。于是，他谨慎地走了下去。

他用脚踏在梯子最上面的那块木板上，想看看这道木梯是否牢靠。当他确认梯子能够承受他的体重时，便放心地往下面走了过去。等到达洞底时，他看见了一点微弱的火光，原来，女孩正在划火柴点蜡烛。她拿着一根已经点燃的蜡烛，放在了墙边自然形成的一个泥土架上，确定放稳了之后，她又点了第二根。

她将第二根燃烧着的蜡烛给了尼克，说："要是你想看看周围的情况，你可以借着蜡烛的光去看看，不过在我看来，这周围没什么可看的。"

尼克接过蜡烛之后，还是仔细地对地窖做了一番查看。尼克发现，这间地窖的空间并不是很大，虽然位于沼泽地区，但里面很干燥，而且比上面的沼泽要凉快。他用手指摸了摸边上的墙壁，意外地发现，这墙壁居然是水泥砌成的。

"没错，这间地窖的顶和墙壁都涂抹了水泥。"女孩看到疑惑的尼克，向他解释道。

"哦。"尼克点了点头，然后跟着小女孩走到了木梯之间，"那么，现在我们该怎么办？"

女孩回答说："我觉得你可以在这个地方留个三四天，毕竟这里非常安全。这样一来，大家也会以为你已经逃离这个地方了，之后就会放松对这一地区的抓捕工作。到那时，你再悄悄地溜到铁路边去，搭早上5点的那班火车离开这里。"

"三四天？"尼克看了看阴暗的地窖，说："我觉得时间太长了，怕待不住。"

女孩耸了耸肩，满不在乎地说："要不你也可以回监狱待着啊，其实，你住哪里对我来说都一样，毕竟我和你又没什么瓜葛。"

此时，尼克心里正在盘算着如何整一整这个女孩。于是他随口问道："那我这几天里吃什么呢？"

"吃的问题很好解决，我每天都可以给你送一加仑的水，为你带些三明治，还有一些生活必需品。"

尼克把蜡烛也放到了架子上，然后斜靠在墙上，用一种极度怀疑的眼神看着身前的这个女孩。他不解地问：“我还是不太明白，你为什么要帮助我？”

女孩厌烦地说：“你又来了，真的和我爸爸一样固执！哪有那么多的理由？我就是喜欢做，这有错吗？”

尼克摇着头说：“现在的人哪有这么善良？他们做事都是带有一定目的的。”

“那随你吧，我没有必要求着你，让你接受我的帮助，你要是想走，随时都可以，我不留你。”女孩做出一副撒手不管的样子，说完之后，她便向楼梯走了过去。

此时，尼克立即跑到了她的身前，挡住了她的去路，补充说：“我觉得，我找不到一个相信你的理由。”

女孩气愤得叫了起来，她说：“你简直不可理喻！我发现你一个人在沼泽里面，看你累得不行，我想为你找一个藏身的好地方，这个时候你却说你找不到一个合适的理由来相信我！”

尼克说：“那你现在跑到镇子里去告发我吧，说你看到了我。”

女孩看着尼克，冷静地说：“我要是想告发你，完全可以趁着你熟睡的时候去做这件事，要是我这个人不可靠，我为什么要带你走这么远的路，把你带到这里来？”

尼克一时也不知道该怎么说，一个人在一旁嘟嘟囔囔地说：“我反正从来没有碰见过你这样的人，所以我很难判断你的话到底有几分真假。”

听到这里，女孩生气了。她转身面对墙壁，将脸埋在了自己的臂弯里。“你和我爸爸一样，不管我做什么事情，在你们看来都是错的！我找个地方死了算了，反正老是做错事！”说完，女孩一屁股坐在地上，呜呜地哭了起来。

这会儿轮到尼克不知所措了。他此时多么希望自己最开始的时候没有遇见这个女孩。他一直坚信这个女孩是个非常好的人质人选，与此同时，这个女孩也确实能够为自己提供一些帮助。尼克想了想女孩刚才所说的话，觉得也有几分道理：要是她打算告发自己，早在自己熟睡的时候就这么做了。

此时，他仔细分析了一下自己现在的处境：外面是监狱警察的穷追不舍，而自己要赶去的铁路却在镇子的另一边，唯一的一班列车还是在早上5点的时候从那里经过。他重新看了看现在所处的这个地窖，顿时觉得这是个绝佳的好地方，何况女孩每天还会定时为他送来食物和水。

“别哭了，我刚才并不是有意要说那些话的。我答应你，我在这里留下来。”尼克突然说。

但女孩仍然非常生气，她厉声地说：“你这种人，简直太过分了！我好心帮你，你却根本就不相信我！”

“我相信你啊，”随即，他让开了楼梯口，说：“我现在就让你走，我听你的安排，你不要再哭了。”

女孩坐在地上，抬头看着尼克，抽泣了几声，然后说：“你说的是真的吗？你真的不打算伤害我了？”

他用头朝梯子的方向摆了摆，然后说：“嗯，我向你保证，我绝对不会伤害你，你赶紧上去吧！”

女孩赶紧朝楼梯上跑去。当女孩跑到地面上的时候，尼克注意到女孩将沉重的木门从地上抬了起来，看样子是要将门关上。

此时，女孩从上面探着脑袋对尼克说：“对了，顺便告诉你一件事情吧。你还记得我之前跟你说的那件裙子的事情吗？我爸爸一直到最后都没有给我买的那条，就是那件 50 元的，你还有印象吗？”

尼克抬起头，眯着眼睛对女孩回答说：“当然记得啊，有什么事情吗？”

上面的女孩此时脸上露出非常诡异的微笑。尼克当时觉得有些异样，因为他好像从来没有看见过如此诡异的微笑。

女孩连忙向尼克解释说：“对了，有件事情要告诉你，警方会给最终逮到逃犯的人 50 元的奖励，如果只是通风报信协助警察抓获犯人的话，就只能获得一半的奖励。要知道，我想那条裙子都快想疯了，我一定要把它买下来！”

尼克听到这话，目瞪口呆地站在下面，一动不动。他眼睁睁地看着木门“砰”的一声被关了起来，紧接着，又传来一阵门闩被插上了的声音。此时，他呆坐在地下室里，心里一片死灰，因为转眼间，自己又重新变成了囚犯。

谨慎的杀手

洛赛迪在纽约46街开了一家餐馆，整栋楼房呈赭石色。这家餐馆距离公园大道非常近，地理位置很不错。在8月的一个晚上，餐馆门口站着一个身材矮小的人，打量着餐厅里来来往往的客人，随后，他走进了餐厅的大门，他叫李·科斯塔。

他在靠近衣帽间的通道里站了一会儿，这时，餐厅的领班朝他走了过来。科斯塔随即问："请问乔·洛赛迪在吗？"

"你是谁？"

"你就告诉他，那个推销保险的来了。"

"不用说名字吗？"

"嗯，你这样说吧，他知道的。"

"好的，那麻烦你在酒吧等一会儿。"

科斯塔走进了衣帽间，脱下了外套。正当他要去酒吧的时候，一个身材魁梧的侍者来到他面前，用大拇指朝角落里的一部旧电梯指了指，说："跟我上楼吧。"

洛赛迪住在4楼，那层楼就住了他一个人。侍者按响门铃之后，门很快就开了。进门之后，眼前呈现的是一间大客厅，客厅内的陈设非常简朴，但给人一种舒适的感觉，屋里还摆放着几件古董。房间的走道里站着一个矮矮的胖子，他正以一种怀疑的眼神打量着科斯塔，随后用带着意大利口音的语调说："我就是乔·洛赛迪。"他并没有走上前去和科斯塔握手，而是一直站在原地，将头微微地侧向一边，皱着眉头看着科斯塔，然后说：“看来你比我想象中还要矮，先进来吧，齐格，你也坐下吧。”

随后，他将里屋的门也推开了，并说：“孩子他妈，来认识一下李·科斯塔。”

房间里面的那个女人抬了抬头，仔细打量着科斯塔的脸，然后长长地叹了一口气，问道：“他就是科斯塔？”虽然声音很小，但在安静的环境里仍旧显得很响。

洛赛迪点了点头。

她将手里的针线活儿收拾了一下，眼睛一直盯着科斯塔看，随后她从房间里走了出来，说：“孩子他爸，你们先进里屋去谈吧，一会儿咱们吃饭。”

齐格站起来，低着头，打量着一旁的科斯塔，随后小声地问洛赛迪：“这个家伙是来找麻烦的？”

洛赛迪摇了摇头。

一旁的科斯塔听到了齐格的话，一双冷冰冰的蓝眼睛突然变得非常警觉：“我要真是来找麻烦的，你又能把我怎么样？”

齐格朝他迈了一步，严肃地说：“那我就把你从楼上扔下去！”

科斯塔转向洛赛迪，说：“你最好将这只猴子给我关起来。”随后看着齐格，平静地说：“胖家伙，你给站到一边去。”

齐格随即朝他冲过来，打算一把抓住他的衣领，将他从地上揪起来。正当齐格俯下身子的时候，科斯塔一脚重重地踢在了他的裆部。齐格痛苦地大叫了一声，弯腰蹲了下来。科斯塔随即走了过去，补了一脚，将他踢倒在地，然后看着洛赛迪说：“先生，非常抱歉，这是他自讨苦吃。”

洛赛迪将身子探过桌子，朝地上看了看，齐格痛苦地在地上扭动着。他对科斯塔说：“你的动作真迅速，跟一条蛇一样。”

“洛赛迪先生，你有你的特长，而我也有我的。”

洛赛迪说：“他可能会杀了你。”

“他不会这样做的，他一会儿就会去楼下调酒，齐格，我说得对吗？”

齐格躺在地上，大口大口地喘着气，此时，他就像一只乌龟，艰难地回过头，看着站在边上的科斯塔。

科斯塔则面带微笑地看着他，说：“下一次，我会温柔一点的。”

齐格摇摇晃晃地从地上爬起来，然后慢慢地朝房间外面走了过去。

科斯塔随后问：“洛赛迪先生，为什么你让齐格也留在这儿？”

“我只是有些害怕……”

“害怕？这完全没有必要。作为一个职业杀手，你付钱让我干什么，我就会干什么，我不会轻易破坏这一行的规矩。”

洛赛迪坐回椅子上，脸上的表情看起来有些神经质。

“你跟我说说看，你到底有什么事？我只是听我们共同的朋友提起过，你好像遇到麻烦了。”科斯塔问。

“你说得没错，我确实遇到麻烦了，所以才找你来。”

“洛赛迪先生，你可以把那个人的名字告诉我。”

“巴克斯特，他叫罗伊·巴克斯特。”

“你找不到其他的解决办法了吗？”

“当然，除了给他一些钱。”洛赛迪在一旁摇了摇头。

“对于敲诈的人来说，这种方法根本解决不了问题。”科斯塔淡淡地说。

洛赛迪看了看科斯塔，问：“难道你知道这件事情了？”

“我们共同的朋友跟我说过，有人打算敲诈你一笔。”

洛赛迪在一旁沉默着。

“洛赛迪先生，你只管放心地说，我还是值得你信任的。”

可以看得出，洛赛迪的脸在抽动。他转过脸说：“很久之前，我杀了一个人。不过，这件事情被巴克斯特知道了，他就决定找我要钱。我心里明白，一旦我这次给了他钱，就还会有下一次。我不知道该怎么办了，所以才找我的朋友来帮忙的。毕竟我曾经帮过他一次，他欠我一份人情，所以他才找到了你，想让你帮我解决这个麻烦。”

“这件事情，你告诉了你的妻子吗？”

“嗯，说过，不过她会保密的。”

“还有没有人知道我？”

“除了我和我的妻子，以及我们的朋友，没有别人知道了。”洛赛迪打开抽屉，从里面拿出一沓资料，“这些资料都是关于巴克斯特的，包括他的住址，曾经从事的事情，外加他的照片。”

科斯塔大致扫了一眼那些资料，随后问：“这个巴克斯特是做什么的？”

“好像是个律师吧，这个我不太确定。我也不知道他到底怎么赚钱的，不过我相信，他有他的赚钱套路。”

“那他为什么要向你敲诈呢？”

“这我就不知道了，或许他平时开销很大，没钱用了吧？”

“我先告诉你，我的费用可不低。”科斯塔说。

“这没问题，我还是付得起的。”

科斯塔微微一笑，说：“我们的朋友曾经对我说，让我给你开批发价。5000美元，有问题吗？”

“没问题，和巴克斯特相比，这价格便宜多了。”

“他给你多长时间筹钱？”

“两个星期，让我筹集25000美元，否则，他就会报警揭穿我。”

科斯塔将桌上的那几张纸折好，放进口袋，然后从椅子上站起来，说：“我会先去侦察一下地形，回头再告诉你结果。”

洛赛迪的手一直在发抖，他看着科斯塔，说：“去吧。”

“我办事向来很谨慎，在侦察完毕之后，我会将结果告诉你。”科斯塔发现，壁炉的上面挂着一幅海鱼画，于是对洛赛迪说，“你是不是太紧张了点？为什么不去钓几天鱼，让自己放松放松呢？”

洛赛迪一脸苦笑，淡淡地说：“其实，我钓了一夏天的鱼，基本上每个周末都会去。我自己有一艘小船，日子过得原本非常安稳，基本上就是开餐馆、钓鱼。可是，自从接到巴克斯特的电话之后，我就再没有心情做这些事了，不论是钓鱼还是经营餐馆，我都没有心思去做，整天心烦意乱的。”

“洛赛迪先生，我会尽量帮你解决麻烦的，说不定几天之后，你又可以重新钓鱼了。”

科斯塔从里屋走了出来，经过客厅时，他朝坐在客厅里的洛赛迪太太点了点头。洛赛迪太太愁眉苦脸地看了看他，然后问：“科斯塔先生，你吃过饭了吗？”

“暂时还没。”

“这样吧，你跟我们去楼下一块儿吃吧，”说完，她起身向里屋走去，然后说，“孩子他爸，你也一块儿去吧。”

“你们去吧，我打算睡一会儿。”洛赛迪摆摆手说。

“那你记得盖好被子。”

随后，他们来到一家餐馆，在包间里坐了下来。在吃饭的过程中，洛赛迪太太并没有说什么话，只是到最后喝咖啡的时候，她将头抬了起来，对科斯塔说：“孩子他爸非常担心，这是一件很糟糕的事情。”

科斯塔问：“太太，你害怕吗？”

“不，我不怕，因为这是难以避免的事情。这种战斗，遍及人的一生，我明白这个道理。”

“你放心，我办事很谨慎的。”

“是的，我平时也很小心，你也一定要多留意。”

“洛赛迪太太，放心吧。”

科斯塔站了起来，准备离开。洛赛迪太太突然问：“你需要大衣吗？”

“我带了，寄存在衣帽间里。”

“多穿一点，千万不要着凉了。”直到科斯塔离开，她那双黑色的眼睛一直都在注视着他。

第二天一大早，科斯塔就去侦察地形了。巴克斯特的办公室坐落在56街的一栋大楼里。他赶在9点之前混在上班的人群中走了进去。他来到大楼的11层，那里可以清楚地看见巴克斯特的办公室。不过这个地方人来人往，要想在这里进行暗杀，基本上不太可能。

据科斯塔观察，巴克斯特是个矮胖子，他大约在9点30分的时候进入办公室，嘴里还叼着一根雪茄。科斯塔在办公室外面的走廊里溜达了 15 分钟，然后敲响了办公室的门，将一张名片递给了巴克斯特的秘书。名片上，他的身份是办公用品的推销员。过了一会儿，秘书转告他，巴克斯特先生对现有的办公用品非常满意，暂时没有添置其他用品的想法。科斯塔随后礼貌地向秘书道别，离开了办公室。

就在刚才短暂的交流过程中，他已经摸清了整间办公室的布局，然而在他搭乘电梯下楼的过程中，他却一直在摇头，似乎对什么东西不太满意。

当天下午，科斯塔又租了一辆汽车，前往康涅狄格州。他来到了位于巴克斯特家很近的一家地产中介公司。公司的职员开着车带他游览这个地区，并不停地夸耀着生活在康涅狄格州有什么好处。科斯塔意外地发现，就在巴克斯特家的旁边，正好有一栋空房在出售，他对这栋房子有着非常浓厚的兴趣。于是，公司的职员带他往那栋房子走了过去。路上，他对巴克斯特居住的房子仔细打量了一番。这一排共有 6 栋房子，巴克斯特的房子在最里面，房子的周围用砖头砌了一圈围墙。科斯塔停了下来，仔细观察着，无意中发现大铁门上还挂着一块牌子。科斯塔走上前去仔细看了看，牌子上写着“小心狗咬”。这时，院子里传来了一阵狗叫声，他朝里面看了看，院子里果然有条大狗，对着他和那个职员一通狂叫。

随后，科斯塔告诉那个职员，他叫泽维勒，以前在俄亥俄州工作，现在因为工作调动来到了这里，他打算买下这栋房子，他的妻子很快也会搬到这里来住。科斯塔顺便也了解了一下周边邻居的大体情况，重点自然是巴克斯特。职员告诉他，巴克斯特的老婆死了，现在只有他一个人住，白天会有一对来自瑞士的夫妇料理他的生活，但是他们晚上不会留在这儿过夜。

下午 6 点，科斯塔回到了洛赛迪的餐厅。他直接来到洛赛迪的家中，坐在了客厅里，这时，洛赛迪正坐在办公桌后面的椅子上发呆，而他的太太则坐在客厅的另一头，淡然地织着毛衣。

洛赛迪看了看他们两个，然后说："有件事情，我想和你们俩商量一下，暗杀没有问题，但有一件事情，我还不太放心。"

"什么事情？"

"我需要你们提供一些保证。"科斯塔回答。

洛赛迪探了探身子，问："科斯塔先生，你打算不干了吗？"

"如果你们无法协助我，我就无法进行暗杀。所以，我需要你们的帮助。"

洛赛迪太太将手里织着的毛衣搁在一旁，双手交叉地放在了膝盖上，然后问："请你说清楚，需要我们帮助你什么？"

"他办公室那里人太多，我无法下手，所以我决定在他家进行暗杀，但我不能开车去那儿。"

"那我们该怎么办？"

"周末的时候，我们三个一起去钓鱼。到那之后，我再将他干掉。这样一来，你们俩也会参与到这件事情里，事后我们谁也无法出卖谁，就这样。"

洛赛迪看了看他的太太，问："你觉得这样可以吗，孩子他妈？"

她看了看科斯塔，随后一边叹气，一边点头说："就这样吧，除此，我们还能怎样呢？他是个谨慎的人，这样做我能理解。"

"就这么办吧，科斯塔先生，我们也没有别的退路。"

科斯塔说："那我们一言为定。"

"可是……我们具体该怎么弄呢？"

"星期六的早上，你们开船去城市岛的码头接我，顺便在那儿给船加满油，那时我会到船上去。至于之后再去哪儿，等上船之后再说，剩下的事情统统交给我就行。"说完，他便从椅子上起身，走了出去。

洛赛迪太太看着科斯塔的背影，连忙喊道："记得多穿一点儿，别着凉了。"

到了星期六早上，科斯塔如约来到了码头。他的装扮和普通人没差别，混在一群乘客中间，要找出他来确实还得花一番功夫。他注意到，洛赛迪正驾着一艘机动船，缓缓地朝他驶了过来。于是，科斯塔从拥挤的人群中穿了过去，登上了洛赛迪的船，并且走到了驾驶室里。过了几分钟，他们就向康涅狄格州的海岸进发了。船由洛赛迪驾驶着，他的太太坐在一旁的藤椅上织着毛衣，而科斯塔则坐在一旁静静地看着。

下午的时候，他们来到了巴克斯特房子附近的一个半岛，找了一个隐蔽的地点，将船停了下来。

洛赛迪显得有些紧张，怯生生地问："我们接下来该怎么办?"

科斯塔笑着回答："别紧张，我们先吃个饭，钓钓鱼，放松放松。"

洛赛迪太太连忙问："科斯塔先生，你饿了？"

"是有一点儿饿了。"

"那你和孩子他爸先钓鱼吧，我去给你们做饭。"

下午6点，洛赛迪太太站在驾驶室的门口对他们说："开饭了，你们赶紧下来吧。"随后，他们在船舱里吃着晚饭。洛赛迪显得非常紧张，不时地看看科斯塔，他的太太也一言不发，只顾着给他们端饭端菜。

吃过饭之后，科斯塔在船舱里休息了半个小时，等他睁眼醒来的时候，发现洛赛迪正看着他，而且似乎还在问着什么。科斯塔这时说："我打算去游泳。"

一旁的洛赛迪太太用手轻轻拍了拍他的胳膊，关切地说："千万小心啊！"

科斯塔微微地笑了笑，说："放心，我可是个谨慎的人，办事一向很小心。"说完，他走进驾驶室开始换衣服。过了几分钟，他穿着一身泳装走了出来，手里还拿着一套潜水用的专业设备。他将黑色的橡皮头套套在脑袋上，并且穿上了脚蹼，在确认潜水镜和呼吸管都戴好之后，扑通一声跳入了水里。接着，他确认了一下身上绑着的那个小塑料袋，摸了摸系在腰间的一副橡皮手套，确认无误之后，便向对面的岸上游了过去。有专业设备的辅佐，他在水里游得非常轻松，很快就消失在了黑色的夜空里。

大约过了半个小时，已经快游到巴克斯特家里的岸边了，他停止了划水，借助流水的力量，朝着岸边漂了过去。当脚能够踩到地面时，他停了下来，解开了那只小塑料袋，从里面小心翼翼地拿了一块肉出来，尽量不让肉碰到水。他轻轻地吹了一声口哨，很快，他就听见一阵狗的跑步声，紧接着，一阵狗吠声打破了夜空的宁静。他连忙将那块肉朝狗扔了过去，随后很快地重新潜回到深水区，依靠呼吸管来呼吸。光从岸上，根本不可能发现他的踪影，但狗的叫声越来越大。

没过多久，巴克斯特穿着睡衣从家里走了出来。他用手电筒照了照院子里，并没有发现什么异常，随后便让狗不要再叫了。

他自己也只待了一会儿便返回了房间。

科斯塔并没有急着出来，他仍旧在水里等着。

狗在码头边不停地转来转去，鼻子一直在闻着什么。突然，它发现了地上的那块肉，于是便叼在了嘴里，津津有味地吃了起来。过了一会儿，这只狗便连连地发出痛苦的呜咽声，不停地用爪子挠着地面，最后一声不响地倒在地上。

科斯塔估计了一下时间，觉得差不多了，便又漂回岸边。和刚才一样，他再次轻轻地吹了一声口哨，狗并没有反应，于是他小心地来到岸边，那只大狗躺在地上，一动不动。科斯塔将潜水镜和脚蹼取了下来，将狗的尸体拖到暗处。他仔细看了看，码头上还留着一小块肉，他弯下身，捡起那块肉丢回了海里。他悄悄地躲到暗处，耐心地等待着机会。

大约过了半个小时，仆人们离开了，院子的大门也落了锁。科斯塔仍旧在那等着，一直到听不到汽车的声音，他才将潜水的设备脱了下来，蹑手蹑脚地翻过了门廊前面的栏杆，然后静静地趴在门廊前的地板上。足足过了10分钟，等屋里也没有动静了，他才悄悄地戴上手套，继续匍匐前进。他来到一扇百叶窗下面，窗户是敞开着的。大约过了两分钟，他成功地潜入了屋子里，并且站在了巴克斯特床边。巴克斯特已经睡着了，完全没有意识到身边居然站着一个人。科斯塔两脚扎了一个马步，站稳之后，双手用力地掐住巴克斯特的喉咙。过了很久之后，科斯塔才松手，然后取下手套，用手测了测巴克斯特的脉搏，直到确认他已经死了之后，才重新戴回手套，按照进来的路线，重新返回了码头。

他将潜水的设备重新穿了起来，然后将狗的尸体也扔进了大海。在黑暗中，他大致地判断了一下洛赛迪的船停靠的方位，然后潜入水中，轻松地游了回去。

大约过了半个小时，他看到了那条船，洛赛迪夫妇正坐在船尾。

洛赛迪发现水中有一个人朝他们游了过来，问道："是科斯塔吗？"

"是我。"很快，他就从水里上了船，脱下了脚蹼和潜水镜，坐在洛赛迪夫妇的脚边，对他们说："事情已经搞定了！"

坐在一旁的洛赛迪太太打量着眼前的科斯塔，黑暗中，她的眼神让人难以捉摸。她问道："遇上什么麻烦了吗？"

"没有，一切顺利。"

"赶紧把湿衣服换掉吧，别冻着了。"

科斯塔到船舱里把橡皮上衣脱了下来，用毛巾擦了擦头发，换上了自己的衣服，然后回到了洛赛迪夫妇身边。此时，洛赛迪太太又开始织她的毛衣了，而洛赛迪则拿了一瓶不知道从哪儿弄来的葡萄酒，对科斯塔说："咱们喝点酒庆祝一下吧！"说完，他们一连干了 3 杯。

洛赛迪太太则一直盯着科斯塔的脸看，谨慎地问："你确定所有事情都顺利地完成了？"

"当然，一切都很顺利！除了你们俩和我，没有任何人发现我的踪迹，也没人知道我现在在这儿，更不会有人知道究竟发生了什么事情。"

洛赛迪问："你怎么干掉他的？用枪吗？"

"不，那动静太大了，"科斯塔说，"我只用这个。"他一边说，一边用手指了指自己的手掌。

此时，洛赛迪从椅子上站了起来，然后说："孩子他妈，我有些累了，先去休息一下。"

她抬头看了看洛赛迪的脸，一脸关切地说："孩子他爸，那你先好好地睡一觉吧，把被子盖好。"随后，她看了看科斯塔，说："科斯塔先生，辛苦你了，你也去好好休息休息吧。"

科斯塔伸了个懒腰，从椅子上站起身来，走到船边，看了看天空，说："这真是一个美好的夜晚！没错吧，洛赛迪太太。"

"是啊，今天的夜空真美，"说完，她便从毛衣下面掏出一把枪，并对着科斯塔的胸口开了两枪。科斯塔直接从栏杆上翻了过去，掉进了漆黑的海里。她走到船边朝海里看了看，科斯塔的尸体浮在海面上，并且慢慢地被海水带向了远方。

洛赛迪将头从船舱的门里探了出来，然后问："孩子他妈，我们接下来该怎么做？"

她的表情显得很严肃，顺手将手里的枪扔进了海里，然后说："什么也不用干，孩子他爸，把被子盖好，你别感冒了。"

靠谱的男人

在一个宁静而闷热的午后，劳伦斯认识了伍尔芙，看见了康纳利，也正是因为这一次的偶遇，他的命运发生了很大的变化。

劳伦斯原本打算来这个小镇度假。那天下午，他正在海滨旁的山路上散步，有个骑自行车的姑娘从他的身边经过。那个女孩很漂亮，虽然有些瘦，但看起来非常健康。他估计了一下，她应该20来岁，穿着一套白色的沙滩衣裤，露出晒得油光发亮的健康肤色。他仔细看了看，女孩红色的头发上还系着一根浅绿色的缎带。他站在那儿，不禁夸赞道："太美了！"

也正是这个时候，一辆绿色的敞篷车从劳伦斯的身边快速地擦身而过。正当他要破口大骂的时候，敞篷车的车身已经碰上了那个骑车的女孩。随后，那个姑娘吓得大叫了一声。她试图握住车把，不过最终还是迎面撞上了路边的一堵矮墙。那辆敞篷车并没有停下来，反而加大油门，朝山坡上开去。

看到这里，劳伦斯赶紧跑了过去，边跑边喊："该死的混蛋！你撞到一个女孩了！"

车里的司机扭头看了看，根本就没有搭理他，继续往前开。不过，劳伦斯看清了那个人的脸。这张脸他非常熟悉，虽然头发染黑了，并且蓄上了八字胡。

劳伦斯随即向那个倒在地上的女孩伸出了手，说："我扶你起来吧。"

女孩面带微笑地看了看他，首先用手捋了捋有些散乱的头发，随后握着他的手，从地上站了起来，然后放开了他的手，并摸了摸自己的后腰，说："谢谢你，我叫伍尔芙，你呢？"

"我叫劳伦斯。"说完，他用脚踢了踢倒在地上的自行车，说："还好你没什么事情，不过这辆车可是毁了。"

"没事儿，反正是借来的车，"她耸了耸肩，然后说，"不用太担心，我们大可以把它扔在这儿不管。"

"那是，不过我有些担心，你可能要赔一辆新车给别人。"

"这我倒不怕，反正我没钱，没什么可赔的。"她不以为意地说，"刚才好像有辆车碰到了我，所以我才摔的。"

"没错。"

"嗯，我们找个地方聊聊天吧，你请客，这个主意怎么样？"

"行，那我们就去前面的罗马旅馆吧，我听说，那儿是这个小镇上最好的地方了。"随后，劳伦斯挽着伍尔芙的手臂，向新的目的地走去。

"没错，我以前常去那儿，不过在我被抛弃之后，就很少去了。你要是对这个感兴趣，一会儿到那我再讲给你听。"

"一言为定。我曾经在《人物》杂志工作，对人非常感兴趣。"

伍尔芙显得很认真，说："那你一定会对我的生活感兴趣，因为我是个享受生活的人，我的日子一直过得缤纷多彩。"

他们到了罗马旅馆之后，在阴凉的小院里坐了下来。他们先后喝了三四杯酒，聊了整整一个下午。伍尔芙从她大学毕业之后的经历说起，一直说到了现在。她还提到，自己在这里曾经认识了一个非常有名的小说家。经过一番描述之后，劳伦斯发现他也认识这个人。出于工作的原因，劳伦斯曾经在《人物》杂志的报道上了解过这个人。不过，就在上个星期，这个小说家接到一通从好莱坞打来的电话，随后就撇下伍尔芙，独自一个人离开了这里。走的时候，除了将近3个星期的房租，什么也没有留下。

劳伦斯关心地问："你一个月的房租大概多少？"

伍尔芙对他比画了一个数字，然后好奇地问："你打算帮我付这笔钱吗？"

劳伦斯合计了一下，这笔费用相当于自己3个月的开支了，不过，心中的直觉告诉他，自己有可能要转运了，而且他坚信，这个女人会成为他生活中的一个好伴侣。随后，他爽快地说："要是你允许我与你同居，我可以为你支付两个月的房租，然后……"

伍尔芙立即打断了他的话，说："劳伦斯先生，你要考虑清楚，一旦你和我同居，这就意味着我们俩的关系发生了变化。"她随后拉起他的手，继续说："请你别脸红，我是一个很容易冲动的人，而且我非常喜欢你，但不管怎样，这都不是你必须要给我钱的理由。"

劳伦斯握了握她的手，觉得非常温暖，然后说："我只是想和你商量一件事，因为和你相处了一会儿，觉得你是一个值得我信赖的人。"他随后停了停，喝了一口酒，接着说："其实我想与你讨论的，正是今天下午撞倒你的那个人。"

"难道你有好的主意，能够敲诈那个人几百块钱？"伍尔芙显得有些好奇。

"那当然，要是运气好，敲诈个20来万也不在话下啊。"

"哦？"伍尔芙明显有些兴奋。

“那个人叫康纳利，其实是个在逃犯，他卷款逃跑了，而且数额还非常大。”

“有多少？”

“大概50万吧，他之前是一家货运公司的副总。他潜逃已经有一段时间，大家都没有他的消息，不过今天却被我意外撞见了。”

“他也许只是在这里度假，做短暂的停留罢了。”

劳伦斯连忙摇头说：“我下午注意到他开的那辆车，挡风玻璃上贴着一个当地海滨俱乐部的标志，也就是说，他应该是以某种手段在这里定居了，比如改了个名字。”

伍尔芙面带微笑地说：“看来，他卷走的那50万应该也在这里了，而且，应该还有不少的存货。”

“没错，我们的目的就是从中抽一部分。而且我也不打算以暴力的方式来达到这个目的，我们可以对他进行威胁，只要他能支付给我们25万，我就不揭发他。”

听到这里，伍尔芙对劳伦斯吐了吐舌头，然后说：“嗯……也许我有更好的方法，将他所有的钱都弄过来。”

这回轮到劳伦斯感兴趣了，连忙问：“你有什么办法？赶紧说来听听。”

“我可以和他搭讪啊。”

劳伦斯顿时眉头一皱，显得有些不安，说：“那不行，他可是个在逃犯，而且他偷了这么多钱，没准他会下狠手的。”

“你忘了？聊天的时候，我还和你说过，这方面我很擅长，你绝对可以放心。”

“也许吧，但……我不是很喜欢……而且，你可能还得……”

劳伦斯吞吞吐吐地说着。

伍尔芙则显得很坦然，她说：“为了50万美元，我牺牲一点色相又有什么关系呢？何况，我也不会因此蒙受什么永久性的损失。”

听到这里，劳伦斯从餐桌边站起身来走到窗前，脸上显出一副若有所失的表情，说：“也许吧。”

伍尔芙看着眼前的劳伦斯，微微一笑，然后向他走了过去，说：“别想太多了，你才是我爱的人。放心，就按照我说的去做吧，只需要1个月时间，甚至可能更短，然后，我们就能拥有很多钱，我们可以尽情地去享受生活。”

他转过身去，紧紧地握住她的手，说：“行吧，我相信你，就按你说的做。”

伍尔芙很快就行动了。她来到海滨俱乐部，然后假装和康纳利在那里偶遇。就像她说的，很快她就用自己的姿色迷住了这个男人，康纳利也非常喜欢她，带着她到处游玩。没过几天，伍尔芙就告诉劳伦斯，她准备要去康纳利家里。

听到这个消息的那个晚上，劳伦斯整晚都没有睡着，他一个人静静地坐在卧室里，等伍尔芙回来。他暗自猜想着：“那种生活，应该很惬意，很逍遥吧。”不知不觉，手里端着的咖啡早已冰凉。

伍尔芙回来的时候，天已经快亮了。

“真见鬼！太阳都要出来了。”劳伦斯抱怨道。

“哦，你说的是天上那个橙色的大家伙吗？”伍尔芙并没有走向他的身边，而是直接朝卧室的方向走了过去。

他在客厅里发了一会儿呆，然后放下咖啡杯，站起身来，向伍尔芙的背影走了过去："我不喜欢你和那个家伙亲热。"

伍尔芙站在卧室门口，说："他又不是杀人犯，只不过是投机搞走了一笔巨款而已。从本质上说，我们和他所做的事情是一样的，你就别装出一副清高的样子了。"

劳伦斯显得很不安，但是又不知道该怎么说："你们俩，有没有……"

伍尔芙有些不耐烦："没有，你别老是盘问我好吗！"她边说边摆摆手，向卧室里走去。

"我只想直白地问个问题，这也不行吗？"

她在床边坐了下来，脱掉了脚上的鞋子，然后说："那我再认真地对你说一遍，我爱的人是你，并不是那个叫康纳利的人。除非我接近他，否则我根本不可能拿到钱。我困了，想睡觉，你还有什么想问的问题吗？"

"你睡吧，对不起。"劳伦斯有些失落地说。

很快，约定的期限到了。这一天，伍尔芙打电话告诉劳伦斯，自己正和康纳利在山下参加一个舞会，而且会在那儿待比较长的时间。于是，劳伦斯换上了一件绿色的套头衫，穿着一条黑色长裤，手里提着一只装有工具和炸药的黑色箱子，来到康纳利家的院子外面。

此时，海港的晚风徐徐地吹了过来，站在栏杆外的劳伦斯觉得有些凉意。他在这儿能够隐约听到山下传来的舞会吉他声。此刻，再浪漫的音乐也无法潜入他的心中，他只觉得心里五味杂陈，有一种说不出的滋味。

他朝院子里的房子望了望，里面没有灯光，也没有人活动的迹象，而且根据掌握的情报，此时康纳利家里的两个仆人也早已睡下。这正是动手的好时机。

根据计划，只要劳伦斯一弄到钱，他就会开着自己的那辆旧车去舞会接走伍尔芙。这一辆旧车，还是为了实施计划特地买的。等他抵达舞会之后，他会绕到房屋后面的车道，按 3 声喇叭，这时，正在参加舞会的伍尔芙就会借口离开，坐着劳伦斯的车从此远走高飞，去过幸福的生活。

伍尔芙告诉劳伦斯，康纳利曾经亲口告诉她，自己的钱还剩下 38 万，而且她还亲眼看到了那笔巨款。对此，劳伦斯不敢多想，伍尔芙是以怎样的代价才换来了这些。不过，当他一想到过了今晚命运就将彻底改写之后，他的心情瞬间就变得开朗起来。

他看了看手表，拿着伍尔芙给他的钥匙，打开了大门上的锁。他轻轻地推了推大门，门轴发出了“吱吱”的响声，他小心翼翼地把门开到自己可以进入的角度，然后很快地钻到康纳利的房子里。他平缓了一下自己的呼吸，然后沿着墙根摸索着。伍尔芙说得没错，侧门果然没有上锁。

劳伦斯轻轻地转动着门上的手柄，伍尔芙曾经告诉过他，保险柜就在这间房子里，藏在一张皮椅下面。他们所准备的工具足够打开那个保险柜。他小心翼翼地走了进去，轻轻地将门关上，然后背靠在门上，他打算再次调整一下急促的呼吸。

就在这时，屋里的灯突然全亮了。

康纳利站在电灯的开关旁边，手里拿着一把左轮手枪，打量着刚刚潜入的男人，说：“晚安！”

“非常抱歉，我的汽车刚好抛锚了，所以我想……”

“哦，劳伦斯，你的戏可以不用演了，我非常清楚你想干什么。”康纳利盯着他，不紧不慢地说。

“我不太明白，你……”

康纳利微微一笑，向劳伦斯解释道：“你是想问我怎么会知道，对吗？伍尔芙将事情的经过都讲给我听了。”

劳伦斯说：“那你也听好了，我知道你是谁。”

康纳利显得很淡定，“正因为这样，所以我必须把你干掉，而且我会将现场伪装成一个盗贼入室盗窃之后的场面，随后，我会打电话给当地的警察朋友，让他们来收拾你的尸体。”

“你别太得意，伍尔芙也知道你的身份！”

康纳利摇了摇头，非常同情地说：“劳伦斯，你醒醒吧！伍尔芙现在认为我比你有前途多了，所以她早就把你给卖了。”

说完，康纳利连开两枪，劳伦斯应声倒在了地上。

连环案

那天晚上，深沉的秋夜就像浓雾一样，将刚刚翻过土的农田和穿越而过的州际公路笼罩了起来。

农舍前方一片黑暗，一个高大的男人身影隐隐约约在附近徘徊，时而飘到这边，时而飘到那边。最后，他在农舍的大门口停了下来，仔细打量着门口发出微弱亮光的一盏小灯。尽管窗户被窗帘遮盖得严严实实，但在浓重黑夜的映衬下，窗帘里仍旧透出了些许光亮。此时，他摇了摇头，似乎在为敲前门还是敲后门的问题而苦恼。

他站了一会儿，然后迈开步子向前走去。门口那盏昏暗的小灯照亮了他的面容：一双有神的眼睛，两撇浓密的眉毛，一个挺拔的鼻梁外加一张宽大的嘴巴。等他走到前门门口时，将耳朵朝门口贴近，想听听屋里的动静。此时，里面传来了一阵男人说话的声音。他将耳朵贴得更近了，过了一会儿，他听出来了，那个声音应该是从电视机或者收音机里传出来的。

“……警方出动了众多警力，全力追捕从州立精神病院逃走的精神病患者。据悉，该名病患在逃走之前，持刀杀死了医院的一名职员。警方在此特别提醒民众注意安全，由于该名病患看起来身形瘦弱，不具备攻击性，人们往往容易对其放松戒备，不过只要处于发病期，他就具有极大的暴力伤害能力。警方将会进一步追查此事，我们也会继续做跟进报道。另据一位目击者称，一名金发女子在郊区一所偏僻的加油站实施抢劫时……”

他一直静静地守候在门口，等听到里面不再播放新闻，而是插播广告的时候，敲响了大门。此时，原本充斥在整间屋子里的声音突然中断了，取而代之的是一阵由远及近的脚步声，随后，脚步声也停了下来。

敲门的时候，他就知道，外面的纱窗门并没有上锁，但是很明显，里面的木门是锁了的。根据刚才脚步声判断，屋子的主人此时应该正透过门上的猫眼窥探他。他表现出一副很不在乎的样子，用眼睛瞟了瞟四周，然后低下头，打量了一下自己的脚。此时，摆放在门口的一张蓝色踏脚垫进入了他的视野，上面清清楚楚地写了两个白色的字——莫迪。

他等了一会儿，似乎并没有人开门，于是又敲了敲，并且说：“请问，家里有人吗？我是比恩，是迈克家新来的长工，是他让我过来借工具的。”

话音刚落，他又听见屋子里传来脚步声。这回门开了，门里站着的，是一个头发乌黑、身材瘦弱的女人，她有些好奇地打量着门外的男人。

“请问你是莫迪太太吗？”那个男人透过纱窗门问道。

“你有什么事？”

“真不好意思，这么晚了还来打扰你，迈克先生让我过来借一套工具，就是有螺旋钳的那一套。如果你不清楚的话，你可以问问你家先生，他一定知道的。”

莫迪太太皱了皱眉头，一脸的不高兴，然后用手撩了撩垂下来的一缕头发，不耐烦地说：“我不知道那个东西放在哪。”

“嗯，莫迪太太，你之前从来没见过我，所以有些疑心很正常。不过，我确实是今天才过来的。如果方便的话，还麻烦跟莫迪先生说一下，他应该知道的。”

“我先生啊，他……他现在不在家。”

比恩用手搓了搓下巴，非常认真地说：“看来，我得等他回来了。因为迈克先生带着他的太太和孩子去看电影了，也正是因为这样，他才让我过来拿工具。明天一大早，他就要用那套工具。所以，我觉得，最好的办法就是在这里等你先生回家。对了，他应该很快就会回来吧？”

“不。”莫迪太太很快地回绝了他，随后又面带微笑地说：“哦，我没有别的意思，只是觉得，你明天早上来比较好，那个时候他肯定在。”说完，她便准备把门关上。

“太太，请等一下，也许有些冒犯，不过，你能给我倒杯水吗？毕竟从迈克先生家走过来还是有些距离的。”

“没问题，我这就去给你拿。”说完，她转身就走进了屋子。

比恩也立即跟了进去，然后轻轻地走过客厅。此时，她已经接了满满一杯水，正准备转过身给他端出去，回头却发现，他居然就在厨房的门口站着。

她顿时就吓了一跳，瞪大眼睛望着他，杯子里的水也洒出来一些，然后怒斥道：“谁准许你进来了？”

“太太，请不要生气，我不会伤害你的。”

“你为什么要突然出现在我身后？你知不知道，你刚刚吓到我了！”

“我知道，而且我知道你要说什么。我这个人就是头大，长得也不好看，而且脑袋有些笨。如果你想说的话，你随时都可以说，我习惯了。”此时，他微笑地点了点头，努力做出一些温和的表情，想让他那张难看的脸能够让她看得下去。

“不，比恩先生，我并不是那个意思，如果刚才的话伤害了你，我向你道歉。对了，水给你倒好了，喝完之后，就麻烦你离开这里吧。”

他一口就把水喝完了，好像很久没喝过水一样。此时，她伸过手，准备接过他手里的杯子。不过，他并没有把杯子还给她，而是对她说：“太太，今天晚上并不安全，你一个人待在家里其实挺危险的。”

“哦，谢谢关心，我现在很好，麻烦你现在离开。”

“我今天听了新闻，据说有一个精神病患者从医院逃了出来，而且那家医院好像就在这附近，我觉得，他有可能在附近出没。你知道的，那些人一旦发起疯来，是一件很麻烦的事。特别是当他们知道，你一个人在家的话……你想想看，难道你不觉得害怕吗？”

“这些问题我自己会解决，谢谢你。不过，你得离开了，我要锁门了，这些事情不需要你操心，我自己知道怎么做。”

比恩一个劲儿地摇头，那只硕大的脑袋就像一个大号的拨浪鼓：“莫迪太太，我想你可能还没有意识到那些人的危险性。如果他们真的发起疯来，门窗根本起不到任何作用。他们能够轻易地破门而入，然后自由地出入你的家，而且他们可能用爆发出来的蛮力，打破、摧毁甚至是杀害所有的东西。更让人头疼的是，单单从外表上看，他们跟普通人几乎没什么差别，你很难辨别出来。说不定迎面朝你走来的那个人就是病人，但是你心里根本就无法提前预知，更别说做出防御的准备了。”

比恩笑了笑，似乎想告诉她，他刚刚说的都是真的：“另外，我还想告诉你一点，说不定今天逃出来的那个人就会到你家门口敲门，而你可能仅凭第一眼的印象就毫无防备地开门了，甚至可能让他进到家里来。毕竟他看起来跟普通人没什么差别，最多不过是从眼神里透露出一丝疯狂的气息。他们可能会编一些理由来博得你的同情，比如汽车在半路上抛锚、突发意外借个电话等，这种理由谁都编得出来。如果他们发现，你现在是一个人在家，而且你的男人一会儿不会回来，那么他们很可能立刻就对你翻脸，要是情况更糟的话，说不定你还会丧命。要知道，你不可能按常理去推断他的行为。”

此时，莫迪太太的脸都吓白了，她吃惊地盯着眼前这个人看了好半天，然后说：“你……你为什么这么了解精神病院里的人？”

“因为我之前在里面待过两年。”

“什么？”她简直不敢相信自己的耳朵，慌张地朝后面退了两步，身子撞到了水槽的边缘，嘴里不停地默念着，“不……不……”

比恩似乎明白了什么，连忙解释道：“哦，太太，你可能误会了，我不是那里的病人，我只不过是医院的园丁罢了，算是医院的管理员。我差不多三年前从那儿辞职的。”

听到这里，她松了一口气，然后说：“哦……你刚才都快吓死我了……”

比恩咧开他那张大嘴，笑着说：“你知道，由于我的长相问题，你可能会把我误认为从精神病院逃出来的那个病患。不过，有句话说得好，人不可貌相。其实，精神病院里有很多女病患，她们看上去跟你差不多，而且给人一种乖巧甜美的感觉，如果不是事先知道的话，很多人都不会将她们与粗鲁、残暴联系在一块儿。”

“嗯，这个我明白。但是，我还是认为，你不需要留在这里等莫迪回来。我也可以向你保证，我不会轻易放任何陌生人进来，所以，你只管放心。”

“这就对了，太太，如果你一个人在家的话，一定要按我之前告诉你的去做。最好不要随便搭理那些门口的陌生人，凭我在精神病院工作的经验来看，他们都是一等一的好演员，他们的话你不要轻信，如果他们真的跟你说了，你就当作没听见，这是最保险的方式。”

“好的，我会记住的，现在请你离开吧，等你出门之后，我就会把门窗都锁起来。我向你保证，我绝对不会为陌生人开门，甚至连话都不会跟他说。”说完之后，她再次将手伸向比恩手里的杯子，这一次，他把杯子递给了她。

比恩接着说：“太太，真是非常感谢你，感谢你耐心听我说了那么多。我之前也遇见过一些太太，她们根本就不想跟我多说话，我知道那是因为我的相貌问题，所以她们可能会寻找各种理由避免跟我交谈，有时候还会直接逃跑，甚至高喊救命。也正是这个原因，我基本上都没跟女人好好地说过话。我之所以跟到厨房来，就是想跟你聊聊天，我想你也许能体会到我的感受，其实，只要能站在这里说说话，我就会非常高兴了。”

“哦，那随时欢迎你过来。”莫迪太太面带微笑地说。

此时，一阵急促的敲门声响了起来。比恩注意到，她的脸上显露出一种惊恐的表情，然后开始不住地摇头，那种情景就好像一只跌入陷阱的野兽在绝望地寻找出路一般，她甚至张开嘴似乎马上就要尖叫起来。比恩立即冲到她的身边，用一只巨大的手掌捂住了她的大半边脸。好在他站的位置非常巧妙，外面的人无法透过纱窗门直接看到他们。

此时，她开始极力反抗，想挣脱那只手掌，但很明显，她的力量根本无法与比恩相抗衡。比恩用力将她推到冰箱旁边，并且用魁梧的身子顶住她，这样一来，她便无法从他身边跑开了。过了一会儿，敲门声又响了起来。

比恩随后用略高于耳语的声音对她说："莫迪太太，希望你不要尖叫，否则别人还以为你遇到了危险，说不定他们还会误把我当作凶手，这样一来，我可能会被迈克先生解雇。如果刚才的动作太过于粗鲁，还希望你能原谅，我只是想让你冷静下来，等你冷静下来之后，我就会让你去开门。"

此时，他能感觉到，被手掌捂着的那张嘴似乎要说话。她的身子仍旧在不停地扭动，似乎想要极力挣脱开来。

"莫迪太太，身子放轻松，刚刚我们聊天时的那种状态就挺好的。你也别紧张，敲门的可能是你的朋友，也可能是附近的邻居。如果是熟人的话，他看一看也就明白了，我们可能正在聊天；要是门口站着的是陌生人，你也不要紧张，交给我对付就行。有我在，我能保证你不受伤害。"

此时，比恩慢慢将手松开，然后扶着她，慢慢走到门口。接着，比恩停了下来，而她则继续往前走了两步，透过纱窗门看了看外面站着的人。比恩也看了看，发现是一位身形苗条的金发女郎。

莫迪太太不安地问道："你是谁啊？"

"我可能需要你帮忙，我的车爆胎了。"金发女郎回答道。

“哦，那你进来吧。”

此时，比恩一声不吭地站在后面，一双眼睛认真地打量着进来的那名女子。她看上去非常年轻，身上穿着一件黑色毛衣，外加一条长裤，外面披着一件军装风格的风衣，不仅皱巴巴的，而且还沾满了油污，尺码也明显不对，穿在身上松松垮垮的。

“我的车在附近的公路上爆胎了，距离这里不是很远，因为我不会换轮胎，所以想找人帮个忙。如果你们不信的话，可以过来看一看。”金发女郎说道。

莫迪太太连忙回答道：“这个人是我的先生，也许你可以让他去帮你换轮胎。”

比恩起初愣了一下，然后立即反应过来。她还真是聪明，学得真快，眼前这个女人她并不认识，所以要他去应付。

门口那个金发女郎随即回答：“哦，那简直太棒了。”说完，她面向比恩，微笑道：“你真是太可爱了。”

比恩的脸上微微地红了一下，因为她的这句夸奖。但是，比恩很快就意识到，她说这句话并不是出自真心。他碰见过那么多女人，没有一个人夸过他可爱。于是，他冷静地看着眼前这个撒谎的女人，并且抑制住内心的怒火，说：“你们这些女人就是这样，当需要男人来为你们干活的时候，你们就会说些违心的好话来哄男人。但是，当我这样的男人只是想要跟你们聊聊天时，你们就会找各种借口来回避……所以，很抱歉，你去找别人帮你换轮胎吧。”

金发女郎将手伸进了外套的口袋，摸出了一把左轮手枪。她用枪口抵住了比恩的胸口，说：“老兄，你要这么说，那就怪不得我了。现在，我明确地告诉你，我要你的车，还有，你太太也一块儿出来。”说完，她身子向后退了一步，并且挥动着手枪，让他们往前走。

他回过头，然后对莫迪太太说：“我们走！”

“不……不要……”莫迪太太显得非常害怕。

此时，比恩突然想到了之前在门口听到的那段新闻，里面提到有个金发女子在郊外的加油站抢劫。他看了看眼前的这个女人，头发刚好也是金色的，而且手里还拿着一把手枪。他突然意识到，这个女人，应该就是新闻里提到的那个抢劫犯。

“快点啊！该死的东西！”那个金发女人喊道。

此时，比恩的心中涌起一股怒火，脸上的五官拧成了一副丑陋的面容。他板着脸走出门外，然后趁着那个女人不注意，猛地挥手，直接打在了她拿着枪的手臂上。她的手一滑，枪飞了出去，落在了地板上，直接滑到了墙角。比恩一个箭步冲到她的身边，一把抓住了她的双手。她似乎还想用手指甲和脚来挣扎一番，但比恩更加迅速地挥出一拳，重重地打在了她的下巴上。她瞬间晕了过去，倒在地板上。正当比恩打算离开那个金发女郎时，耳边传来了一阵枪声。子弹打到了旁边的墙壁上，飞起的石灰粉末落在他的脑袋上。比恩立即愤怒地大吼一声，然后以最快的速度穿过客厅，冲进了房间。原来莫迪太太捡起了落在墙角的手枪，并且在慌乱中开了一枪。此时，她似乎没有要放下枪的意思，而且准备再开一枪。

比恩用力一撞，将她撞得退了好几步，然后顺势往前跨了几步，用手托住了她，免得她摔倒在地。她像是受到了很大的惊吓，不停地喊着，极力想从他的手里挣脱开来，并且仍然试图开枪。比恩用力将她手里的枪打落，然后伸手猛地切了一下她的后颈，她瞬间就晕了过去，整个身子软了下来，瘫坐在地上。

比恩也受了不小的惊吓，整个人不停地在喘着粗气。他站在房间的中央，将地上的手枪捡了起来，看了看那个倒在地上的金发女郎，心中满是疑惑，一边摇头，一边嘀咕道："估计这种女人怎么也想不明白，为什么一提到我的外貌，我就会朝她发那么大的火。"他看着那个女人，松了一口气。他知道刚刚下手重了些，所以她一时半会儿肯定醒不过来，加上枪已经被他拿走了，她构不成什么威胁。他有足够的时间报警，剩下的事情统统交给警察就是。

此时，他很担心莫迪太太的状况。根据他的经验，像莫迪太太这种胆小的女人，一旦遇到这种突发状况，很容易就失去理智。他现在心中暗自庆幸，好在他没有离开，莫迪太太出于同情而为那个金发女人开了门，但对她丝毫没有防备，也就是说，莫迪太太可能在毫不知情的情况下，遭到那个金发女人的毒手。

此时，他瞬间觉得莫迪太太有些可怜，于是决定在莫迪回来之前好好地照顾她。

他转过身，将她从地上温柔地抱了起来，走进了卧室。毕竟，她躺在那里最为合适，而且还能顺便给她做一下冰敷，这样她很快就能清醒过来。

他抱着莫迪太太，缓缓地穿过过道，然后来到了一扇门前。推开这扇门，一边是浴室，另一边则是一个黑漆漆的房间。他在黑暗中摸索到了开关，然后打开了卧室的灯。

此时，他倒吸了一口凉气，卧室的床上还躺着一个女人，她的头发是红色的，一把尖刀捅进了她的胸口，看样子，她死了应该有一段时间了。

比恩看着这个女人，满脑子的疑惑，她究竟是谁呢？他抬起头，朝卧室四处看了看。最后，他看到了梳妆台上的照片，那应该是房间主人的结婚照，男的穿着一身礼服，胸口的袋子上别着一朵鲜花，女的穿着一身漂亮的白色婚纱。比恩仔细看了看，照片里的那个女人也是红头发，正是躺在床上早已死去的那个女人。

比恩低下头，仔细地看了看倒在怀里的那个女人……

她根本就不像是一个刚从精神病院里逃出来的人啊！

恩爱夫妻

约翰决定将他的妻子杀掉，其实，他这么做也是不得已的事情。他必须为她着想，而眼下能做的事，也只有这件了。

他实在找不到一个合适的理由来跟他的妻子离婚。玛丽是一个善良、美丽、开朗的女人，在平时生活中，她从不多看别的男人一眼，而且打得一手好桥牌，做得一手好菜，在他们的婚姻生活中，不管遇到什么事，她也不会唠唠叨叨地说个没完没了，可以说，她是这个小镇上最受人喜爱的女人。

面对这么优秀的一个女人，如果约翰将她一脚踢开，未免显得太过卑鄙了。

就在两个月前，他们刚刚过完结婚20周年纪念日，在他人的眼中，他们算是世界上最幸福的一对夫妻。在结婚纪念日上，他们面对众多羡慕不已的亲友，举起酒杯，发下重誓：他们承诺，不求同生，但求共死，相爱一生。

可是，他现在不得不做出杀掉她的选择，他无法将离婚的理由告诉他的妻子，在他看来，如果实话实说，对她而言，反而是一种羞辱。

在玛丽眼中，没有丈夫的生活，根本就没有任何意义。当然，她可以继续选择开店，她所经营的那家商店生意很火爆，自从开张以来就是如此。但她开店不过是为了打发时间而已，从根本上来说，她与真正的职业妇女还有很大的差距。

说起开店前的准备，也还有段故事。当时，隔壁打算把房子卖掉，得知这个消息之后，他们就决定把它买下来。由于之前有人住，现在连装修费都可以省掉了，只需要把两栋房子之间的墙打通，装一扇门，两套房子就能一块儿用了。玛丽决定，利用这栋房子开一家家具店，这样一来，如果她丈夫出差在外，她就可以以此来消磨一下难耐的时间。她开店本身就是为了消遣。所以，即便她有着很精明的商业头脑，对她也没有什么特殊意义。而且在约翰看来，整个店铺的陈设乱七八糟，显得十分拥挤，只要在里面待上一段时间，他的心里就会感到非常不安。所以，一般情况下，他都不会进去。

玛丽看起来是在开店，但整个心思其实是花在他身上的。商店只不过是一个形式，爱上这种东西，并不能为她的生活增添意义。

一旦约翰跟她离婚，就不会有人带她去听音乐会、玩桥牌了，而且约翰的朋友也不会邀请她参加聚会了，她最喜欢的聚餐晚会可能也会变成永远的回忆。这样一来，她跟那些寡妇和老处女的境况就差不多了，都只有孤苦伶仃的一个人，过着凄凉无比的生活。所以，离婚只能带给她羞辱，这是万万不可以的。尽管他知道，如果提出离婚的话，玛丽肯定会同意，因为她对于他的意见一向非常顺从。不过，他不忍心让玛丽过着那样的日子，纵使分开，他也不应该让她过着这种悲惨的日子。

如果当初他去莱克星顿出差时没有碰上莱蒂斯，或许这一切都不会发生。可是，现在后悔又有什么意义呢？毕竟那次的偶遇实在是太奇妙了，他甚至觉得，遇见莱蒂斯所带给他的惊喜，堪比一个盲人重新获得了光明。自从他认识了莱蒂斯之后，他突然觉得，连生活都变得有朝气了。而且更令他感到惊讶的是，莱蒂斯也对他颇有好感，甚至想不顾一切地嫁给他。刚好她还没有结婚，所以对她来说，没有任何负担。

她所做的就是等待，然后不停地催促，她迫不及待地想跟约翰生活在一起。而约翰不希望以离婚的方式跟玛丽分开，所以他决定想办法安排一次意外事件，以这种方式杀掉玛丽。他考虑了一会儿之后，发现商店是一个非常适合下手的地方。因为店内那些沉重的石头雕像、吊灯和壁炉架都可以成为他的作案工具，这为他带来了极大的方便，加上那里每天都人流如织，恰巧可以利用拥挤的环境为他动手做掩护。

约翰和莱蒂斯上一次幽会的地点是在莱克星顿的一家旅馆，当时莱蒂斯一如既往地催促着："亲爱的，你必须把我们之间的事情告诉你的妻子了，让她赶紧跟你离婚，不然我们怎么在一起呢？"莱蒂斯那舒缓悦耳的声音飘进了约翰的耳朵里，仿佛酒后升起的醉意一般，居然让他产生了一种飘飘然的感觉。但是，他很快就想到了玛丽。他不能跟玛丽提离婚的事情，可是，这边莱蒂斯仍旧在不停地催促着，到底该怎么办才好呢？

说实话，直到现在他也没搞懂，他究竟是被莱蒂斯的哪一点吸引了。

莱蒂斯很优雅，这一点与玛丽的和蔼并不相同，她也没有玛丽那么美丽，但不知怎么的，约翰对她散发出来的魅力毫无招架之力。和她在一起，约翰能感受到生活处处充满激情，能体验到一种前所未有的亢奋。在玛丽面前，约翰是一个体贴、温和的丈夫，可是当他面对莱蒂斯的时候，他瞬间就变成了一个热情、老练的情人。在约翰的眼里，莱蒂斯可以说是汇集了土、气、火、水这 4 个元素于一身；相比之下，玛丽就有点……不，潜意识告诉他，他不能将这两个女人做这样的比较。可是，将两个正处于热恋中的恋人拆散，这种事情简直是不可能的。

正当约翰打算邀请莱蒂斯去酒吧的时候，查特·弗莱明走进旅馆，径直走向服务台，似乎在咨询着什么。看到这里，约翰不禁心生疑问：查特·弗莱明，他到莱克星顿来有什么目的呢？

地下情人面临的最大问题，就是不管他们身在何处，不管何时约会，总有可能与熟人不期而遇。可以说，世界上找不出任何一个绝对安全的地方供他们安心地发展恋情。

事实上，查特·弗莱明是约翰最不想遇见的人之一。如果约翰和另一个女人在一起约会，不巧被他撞见了，那么毫无疑问，他一定会大肆宣扬，弗莱明这个大嘴巴可能会将他所见到的情况告诉他的妻子、他的朋友、他的医生、他的店主，甚至是他的律师，只要是他认识的人，只要碰见了，他都可能会添油加醋地告诉他们。

查特还在服务台咨询着什么事情，而约翰在莱蒂斯身旁早已坐立不安。他现在的处境很危险，只要查特稍微朝四周看一看，就能发现约翰和莱蒂斯。约翰想了想，不能就这么暴露目标，于是他找了借口，趁查特不注意，从大门溜了出去，在一旁的报摊停了下来，拿起一本杂志，装出一副要买的样子。他就这样偷偷地观察着查特，一直到他在服务台完成登记，坐上电梯。

很幸运，他们暂时躲过了查特，不过，这样做毕竟还是太冒险了。

约翰开始向莱蒂斯解释刚才惊慌失措的原因，莱蒂斯表面上看起来非常冷静，但其实她对此也非常担心。约翰觉得，日子不能再这么过下去了，这简直是对他们高尚感情的玷污。

“亲爱的，你总算开窍了，之前我就跟你说过，我们这样下去也不是个办法。我们的时间不多了，你最好尽早将我们的事情告诉你妻子。今天的事恰好说明，我之前的担心是有根据的。”

“亲爱的，你说得非常对，我会尽早把这个问题解决的。”

“嗯，亲爱的，一定要快。”

是的，事情已经到了非采取行动不可的阶段了，必须想个办法，将这件事一劳永逸地解决掉，不过有一个问题他一直谨记于心，不管采取什么样的方式，他都不希望玛丽因此受到伤害。

在美国，每天都有很多人早早便起床了，但他们当中有很多人再也无法看到当天的日落，这么庞大的一个人群中，为什么就不能有玛丽的一个名额呢？如果她死了，又有什么好奇怪的呢？

奇怪的是，跟约翰·约翰逊一样，玛丽·约翰逊也处在相同的困境中。一直以来她都认为，她是深深地爱着她的丈夫的。直到那天，她才发现自己的想法是多么天真。

那天早上，肯尼斯来到了她的店里，问她有没有莫扎特的半身雕像。如此著名的半身雕像，她的店里自然有货，而且连同巴赫、贝多芬、维克多·雨果、巴尔扎克、莎士比亚、乔治·华盛顿和歌德的半身雕像，统统都有。

一般说来，顾客在购买东西的时候，没有必要说出自己的全名，但是他说了。因此，她也将自己的名字告诉了他。事后她才知道，肯尼斯是当地一位非常著名的室内设计师。

他说：“坦白地讲，我其实并不喜欢把莫扎特的半身雕像摆在室内，它跟房间的格调其实一点儿都不搭，不过我也没有办法，我的老板执意要这样做。对了，你那里还有其他可看的东西吗？”

接下来，她便开始回忆，她努力地在记忆中翻找，究竟是从什么时候开始，他们俩竟然陷入了情网之中。接下来的整个上午，他都待在玛丽的店里，玛丽更是将店里所有的商品都给他看了一遍。临近中午，他无意中发现了里面的一间小屋，而且表现出非常浓厚的兴趣，那间屋子里堆满了许多带抽屉的柜子。正当他准备打开其中一个抽屉时候，却不想一手拉住了玛丽的手。

玛丽显得有些慌乱："天哪，你……你在干什么？要是给顾客看到了，多不好啊！"

他说："他们要想看，就随他们看好了。"

她简直不敢相信，眼前所看到的这些事居然是真的，不过，它确确实实是事实。自那以后，他们就开始在那间堆满柜子的小屋里幽会，而且为了更加方便，他们还在屋子里加了一张躺椅。以往每当约翰出差的时候，她都非常难过，现在不同了，她不再感到寂寞，反而渴望他出差，而且时间越长越好。

之后的一天，他们一如既往地在小屋里幽会，由于太过投入，他们根本没有注意到有客人进来了。客人在外面等了很久之后，一直没找到玛丽，于是喊道："约翰逊太太，我要买东西，你在哪里？"

听到顾客的喊声，玛丽急急忙忙从小屋里跑了出来。她一边跑，一边试图将被弄乱的头发整理好。她知道，刚才那一会儿，她的口红也弄花了，不过已经没有时间去打理那些了。

在外面等候的客人是布里安太太，她是镇上有名的八卦婆，只要有一点小事，她就会传得到处都是，人尽皆知。所以，说不定，她会将玛丽·约翰逊在她的店里跟人约会的事情说出去，这样一来，约翰也就知道了。

好在，布里安太太那天满门心思都在那上等的奶油模子嫁妆箱上，她只想看看，这么高档的东西，究竟是什么样的。

万幸的是，什么意外都没有发生，玛丽事后跟肯尼斯提起了这件事情。但是，他显得很不满意。

他说："我对你的感情是认真的。一直以来，我都深深地爱着你，我相信你也爱着我。这种偷偷摸摸的日子我实在是过不下去了，你赶紧跟你丈夫提离婚的事，我们两个非结婚不可，你明白吗？"

离婚这么重大的事情，为什么在肯尼斯的口里说出来却这么轻松呢？那种感觉，就好像不过是拔掉口腔中的一颗牙齿那么简单。她跟约翰相爱了 20 年，这么深的感情，又岂是说离就能离的呢？强行剥夺他的幸福，这对他来说，未免太过于残忍了，除非约翰死了！想到这里，她突然意识到了什么。的确，每天都有成千上万的人因为心脏病而告别人世，约翰也存在这种可能啊。如果真能这样的话，或许事情就不会像现在这么麻烦了。

就在这时，电话铃声响了，也许是受到了情绪的影响，连铃声都显得格外有脾气，玛丽拿起电话时，另一头传来了肯尼斯生气的声音。

"玛丽，我再也受不了了，今天下午那算什么？你不觉得可笑吗？我再说一次，我们最好马上结婚，我们本来就是光明正大地恋爱，为什么你在那里带顾客看奶油模子的时候，我就非得在门后躲着藏着？"

"亲爱的，我能明白你的心情，你再给我一点时间，我会把这件事处理好的。"

"再等下去，我怕我就失去信心了！"

她知道他说的是实话。对她来说，现在一旦没有了肯尼斯，生活也就随之失去了意义。尽管她跟约翰一起生活了 20 年，却从来没有对约翰产生过这种感觉。

她现在心里只在纠结一个问题，如何能够尽快地将约翰摆脱掉？单从年龄的层面考虑，他正值壮年，再活个几十年都不成问题。一旦她从约翰身边离开，约翰的生活将会陷入一片孤独之中。同样，她也是约翰日常生活中的核心，他活着的目的就是为了让她感到快乐。而且，他们夫妻俩有个共同点，除了认识那些已婚夫妇，平时跟其他的朋友一概没有联系。而他们的朋友之所以邀请他去他们家一块儿参加聚会，完全也是出于内心的一种怜悯。他根本就不懂得照顾自己，说不定吃了上顿，就顾不上下顿，最后，可能得流落到某个破烂的单身公寓里度过余生。到时候，他就会成为别人眼里的可怜虫，与其过这样的日子，还不如直接死掉算了。她暗下决心，一定不能让约翰过上那样的生活。

为什么肯尼斯那个愚蠢的老板要把莫扎特的半身雕像摆在家里呢？这种半身雕像到处都有卖，而且比她这里价格便宜的地方有很多，肯尼斯为什么偏偏看中了她这里？她为什么要与肯尼斯开始这场疯狂的恋爱呢？玛丽不禁这样想。

但是，这已是她无法改变的事实。她现在觉得，哪怕只跟肯尼斯在一起待几秒钟，也比跟约翰待一辈子强。

她现在必须寻找一种快速而有效的方法，尽快甩掉约翰。

那天晚上，约翰刚刚从外面出差回来，看到玛丽的那一刹那，他瞬间就被她的美丽吸引住了，而且有了此生无憾的错觉。但就是在这个时候，他的脑海中很快浮现出莱蒂斯的样子。他确定，无论干什么，只要能和莱蒂斯生活在一起，都是值得的。他必须照原计划行事，手法要尽可能地温柔。

可是，他现在正享受着玛丽为他精心准备的丰盛晚餐。一方面，这是出于礼貌，另一方面，由于路途的奔波，他确实也饿了。

他刚刚将饭咽下喉咙，脑子里就开始盘算怎么动手。不过，这终归是一件非常残忍的事，嘴里正吃着心爱女人所烹制的甜点，脑子里却想着如何尽快将她杀掉。其实，他也不想这么做，如此艰难的局面，完全是被形势逼出来的。

玛丽面带微笑地走了过来，手里还端着一杯咖啡，那杯咖啡是特意为他现煮的："亲爱的，路上一定非常辛苦吧？赶紧把咖啡喝了，解疲劳的。"

约翰接过咖啡之后，脸上洋溢着一种幸福的表情："亲爱的，你真是太了解我了，我正想喝咖啡呢。"

约翰端起桌上的咖啡杯，微微地抿了一口，然后借着杯子的阻挡，他悄悄地瞟了一眼玛丽。突然间，他似乎想到了什么。20年的共同生活，他们之间早已形成了一种默契，她说不定早就看穿了他心里的想法，只是没有说而已。此时，玛丽似乎察觉到约翰在偷偷看她，于是朝他微微一笑。约翰当时觉得，这个微笑简直美极了，应该算是蜜月之后，他印象中最灿烂的一个微笑。

此时，她站起身来对约翰说："亲爱的，我要出去一趟，马上就会回来，店里有些事还没做完呢。"说完，她飞快地走出去，穿过大厅，走进了商店。

不过，玛丽并没有马上回来。约翰显得有些焦急，因为再不回来，咖啡就会凉了。他端起杯子喝了两口，然后决定去商店看看，到底是什么事情让她去了这么长时间。

约翰走进商店之后，便发现她在中间的屋子里，独自一人坐在一个大沙发上，而沙发的旁边则摆了一个架子，上面堆满了雕像。由于她是背对着门口的，她既没有看到约翰，也没有听到他的脚步声。

这是上天所馈赠的机会吗？她的肩膀在不停地抽搐着，她猜到了他的想法。然而，从背影上看，约翰又觉得她可能是在笑。一个人的时候，她笑起来也是这个样子的。但是，约翰顾不了那么多了，因为时间不允许他思考那么多事情。他只知道，如果错过这次机会，下次就不知道是什么时候了。此时，她的头刚好低着，头顶上有两座雕像，一个是维克多·雨果的，另一个是本杰明·富兰克林的，不管是哪一座掉下来，结果都一样。而约翰需要做的，只不过是轻轻一推而已。

他那样做了。

可怜的玛丽，可怜的女人。

这对于他们俩都是一种解脱，他不会因此而感到自责。不过，事情如此顺利地解决了，还是有些出乎他的意料。早知道的话，他也不必多熬这么长时间。

约翰看了看倒在沙发上的玛丽，然后非常镇定地回到了餐厅。眼见咖啡快要喝完了，他打算给医生打一通电话。可以肯定的是，医生看完现场之后，会将这件事情认定为意外死亡。约翰也用不着对事实进行撒谎，当然，他需要改变一个小小的细节，碰到架子的不是约翰，而是玛丽本人，这个悲剧的发生，全因为她的不小心。

他细细地品味着留有余温的咖啡，此时，他突然想起了莱蒂斯。现在，没有什么能够阻拦他们永远在一起了。他本想将这件事情立即告诉她，这样一来，他们很快就能结婚了。但是，他决定还是暂时别给莱蒂斯打电话，不要冒险。

他从来没有像现在这样轻松过，原来生活是这般快乐而清静。毫无疑问，刚才那件事让他心中的石头落了地，长期紧绷的神经终于松弛了下来，以至于他都有点困意了，这种突如其来的困意，他之前从来没有经历过。他当时只有一个想法，立即去客厅的沙发上躺一下，也许睡一觉就好了。他决定暂时不给医生打电话，这么浓重的睡意，估计等不到医生赶来。此时，他感觉到将身体挪到沙发上都是一件不可能完成的事情，他的脑袋已经耷拉到桌面上了，双手不停地抽动着。

在玛丽和约翰的朋友们眼中，这就是一场典型的双重悲剧。他们对事情的经过仔细琢磨了一番，当即觉得这个商店的风水不太好，潜伏着重重危机。玛丽因为误撞了旁边的架子，导致雕像坠落下来，头部受到重创而死。事后，约翰由于悲痛过度，认为缺少了玛丽的生活没有任何意义，于是将大量的安眠药掺入咖啡中，悄然地自杀了。

他们依稀记得，玛丽和约翰之前曾在结婚周年纪念的仪式上发过誓，不求同年同月同日生，但求同年同月同日死。在人们眼中，约翰和玛丽是一对深爱到让人羡慕的夫妻，每当提到他们的事迹，人们就会感动得泪流满面。的确，他们在同一个晚上离开了这个世界，在外人的眼中，他们的爱情真是可圈可点。

自首的头目

华生警长坐在警察局的办公室里，他拼命地揉了揉眼睛，确定没有看错人。站在他眼前的那个男人叫作马丁，是黑帮的一个重要人物。如今，他居然瘸着腿，跑到警察局自首来了。

很多年以前，马丁被牵扯进了一桩勒索案，当时办案的警察正是华生。然而，由于一个黑律师出手相助，马丁最终被无罪释放了，之后由于证据不足，警方也无法再次起诉他，因此，马丁过了很长一段逍遥法外的日子。而现在，马丁却主动要求警方拘留他，这让华生大感意外。

马丁说话的声音非常低沉："只要你们愿意把我关起来，我会将所有的事情统统告诉你们。"

面对马丁的说辞，华生警长显得非常冷静，这是他办案的一贯风格："你把警察局当成什么地方了？你以为这里是旅馆吗？还有，你怎么知道，我们对你所说的内容会感兴趣呢？"

"华生警官，在我面前你就别装了……"他原本想装出以前那种非常凶悍的声音来，可是，等他开口说话的时候，声音便软了下去，而且还带了几分哭腔，"我知道你们想要什么，你们想把金斯那个家伙抓捕归案，但由于缺乏证据，你们一直没办法动手。证据我这里有，而且我敢保证，凭我的证词，他一定会吃官司的。我只有一个条件，你们要无条件地保障我的人身安全。"

"金斯先生？"华生警长的语气中透露出了一丝疑问，而且装出一副对这件事情无所谓的样子。

其实，金斯这个人有问题，警方一直都很清楚。他活跃于旧金山一带，并且在幕后操控着诸多非法集团，他的势力非常大，甚至可以说，但凡这个城市里发生的非法案件，或多或少都能与金斯扯上关系。金斯这个人做事非常严谨，多年以来，尽管华生和他的手下严密布控，但就是找不出半点能够扳倒金斯的有力证据。

当然，金斯这个人不仅混迹于黑道，在白道也非常吃香，后来居然成了上流社会的风光名人。不过，那些非法勾当他还是照做不误，只是他不再亲自出面，而是转交给马丁这一类手下去替他处理。就在不久之前，当地举行了一场规模浩大的城市纪念游行活动，金斯居然坐在了活动主席台的位置。看到这一幕，华生等警察除了暗自咒骂，想不出半点方法。

马丁的出现可谓正合时宜，而且他还打算当污点证人，这让华生的心里乐开了花。正如马丁所说，他的证词的确十分有力，如果马丁说的都是实话，金斯一定能被绳之以法。不过，他现在还不能喜形于色。他用一种极为平淡的语气问道："马丁，既然你刚刚说有情况要汇报，那你现在就说说看吧。但是，我要提醒你，就算我们对于金斯这个人颇有兴趣，我再强调一遍，我说的是'就算'，我们对你所说内容的真实性也要进行考量。对了，对于你的事情，我也有所耳闻，你曾经为金斯效过力，而且是他手下的得力干将之一。"

"华生警长，我向你发誓，我说的一切都是事实。我求求你了，我没有别的要求，你们只要保证我的安全，保证我不死就行了！"此时，马丁再也无法保持那种傲慢的态度了，语气中充满了急切与绝望。

华生此时能够确信，马丁的话都是发自内心的：“马丁，首先我要跟你说清楚，在目前的情况下，我无法向你承诺任何事情。如果可以的话，希望你首先交代一下，你今天来到警察局的原因，至于我能不能相信你所说的话，要根据你所说的情况来进行判断。”

马丁点了点头，然后深深地吸了一口气，像是在给自己鼓气一般：“这三年来，我一直在为金斯先生做事。我平时的工作，就是帮他收城北一带的保护费，谈价、收钱这种事情都是由我来负责的，一旦有人不服，我还要出面去教训那些人。”

听到这里，华生警长点了点头。马丁所说的这一点，的确是事实。黑社会一直以来都是这么办事的。而且对于金斯先生的行径，华生也是有所耳闻，据说势力范围内的店主如果不交保护费的话，就会遭到极度凶残且恶毒的报复，并且事后不会留下任何证据。店主们都不敢得罪他，因为一旦摊上事的话，他们连帮自己打官司的人都找不到。也正是出于这个原因，警方一直没有证据，只能任由金斯、马丁这些人披着光鲜的外衣，干一些非法的勾当。

马丁继续说道：“我在他手下干了一年之后，就提高了保护费的额度，事实上，金斯并没有让我这么做。多出来的那部分，我就收入了自己的口袋。对此，金斯也毫不知情，毕竟他的那份，我一分没有少他的。这件事情，店主也不知道，因为城北这一块的钱，最终都要从我的手里过。”

这的确是新情况，不管是华生，还是其他的警察，之前都不清楚这一点。

“我不是一个非常贪婪的人，多收下来的钱，我只留了百分之十。而且我花钱也非常有分寸，从来不胡乱挥霍，这一点我跟很多人都不同。赚得的这笔收入，我全部存到了外地的一个银行账户上。按照我自己最开始的计划，再过一年，我就洗手不干了，然后用攒下来的积蓄，去南边买一个加油站，像一个老实人一样，过安逸本分的日子。”

马丁居然会产生要做个老实人的想法！听到这里，华生警长不禁笑出声来：“马丁，如果你真能成为一个老实人的话，我估计那个时候，地狱里的烈火都已经熄灭了。”

这句话显然刺痛了马丁的心，他显得有些恼羞成怒，但一想到现在是在求警方办事，所以他强压住了心中的怒火，继续往下说：“但是，事情偏偏就是这么不凑巧。有天晚上，我去酒吧喝酒的时候，碰见了一个长得非常漂亮的小姐。她看上去小巧迷人，头发乌黑亮丽，一双蓝眼睛非常性感，我当时只有一个感觉，她丝毫不逊色于杂志封面上的那些模特。因为对她心生好感，所以我主动约她喝了一杯。我在聊天过程中知道了她的一些消息，她叫艾琳，是一个老师。当然，具体的我没有办法去验证，我只知道，她跟众多混迹酒吧的女人完全不同，整个人看上去很有气质，属于很有修养的那一类。她之所以会来酒吧，完全是因为要安慰她的一个朋友。她那个朋友刚刚失恋，情绪很差，想找个人谈谈心。”

说到这里，马丁停了停，点了一支烟，然后说：“警长，按以前来说，跟女人纠缠不清这种事情绝对不会发生在我身上，但这个艾琳确实有些意外，我最开始接近她，根本没想过要跟她约会。后来在聊天的时候，我随口就这么一说，没想到她居然点头答应了。这让我倍感意外。原来，我马丁也能跟档次这么高的女人约会。”

华生警长不禁笑出了声："你们这一对还真是有趣啊。"

此时，马丁叹了一口气："唉，长话短说吧。我们自那以后的一个月时间，差不多每天都会约会。或许是因为两个人之间的了解越发深入，渐渐地，我产生了一种想法：她就是我的终身伴侣。她是那么美丽，那么有气质，我居然被一个有文化的女人看上了，她愿意和我交流，能够容忍我身上的毛病，这只能说明一个问题，她也爱上了我。"

马丁越说越激动，渐渐地，他看起来显得有些伤感："华生警官，我敢肯定，她一定是爱上我了。在我们交往的那段时间里，我们相处得非常愉快，基本上没有吵过架。当然，这可能跟她那温柔的性格有关，她包容了我很多性格方面的缺陷，所以让我们的交往看上去非常融洽。但她越是对我好，我内心就越纠结。因为我始终瞒着她一件事，我一直不知道该怎么跟她开口，我怕跟她说了实话之后，她就会冷落我、疏远我。她是一个老师，所以她的男人也应该要有一份体面的工作，这样才能与她相称。于是，我编造了一个身份，我告诉她，我在一家公司担任推销员。不过，她好像不太相信我说的话。最后，我们就因为这点小事，差点儿吵起来。如果真吵起来了，这也可以算是我们第一次吵架吧。"

"马丁，你的爱情经历还挺感人的嘛。"说完之后，华生警长坐在椅子上，非常舒服地伸了个懒腰，然后打着哈欠揶揄道："我对于你的感情经历兴趣不大，所以，你打算什么时候开始讲重点？要是没有的话，就麻烦你回去吧，我还有别的事情要做。"

马丁连忙打断说："你让我把话说完。我最后下定决心跟艾琳求婚，我的直觉告诉我，她一定会答应的。我们的条件都不差，要是立刻结婚也不存在任何问题，而且，她可以选择继续工作，这点不会受到任何影响。我决定将收保护费的工作彻底放下来，用攒下来的钱去南方买个加油站，然后和她平平淡淡地过日子。至于度蜜月的地方，我想好了，就安排在南方，这样一来，我可以顺便看看那边加油站的情况，如果有合适的，我当即就买下来。也许在金斯先生那边会遇到一些阻力，不过问题应该不大，我毕竟是他非常看重的人，如果我告诉他，我是因为结婚才离开他的话，他应该不会为难我的，更何况，他对于我背着他截留保护费的事情毫不知情，所以我根本用不着担心。”

此时，他突然想起了什么：“对了，华生警官，你知道吗，我昨天给艾琳买了一枚戒指。那枚戒指得两千多呢，我特意去城里最大的那家金器店买的。”说完之后，马丁故意停了下来，用眼睛瞄了一眼华生警长。华生警长的脸上依旧面无表情，对他所说的这件事情似乎没有太大兴趣。

马丁觉得有些自讨无趣，于是继续交代他的故事：“今天晚上，她来到了我家，我们在家一块儿吃的晚饭。她烧菜的水平很不错，我还特意去外面买了一瓶香槟回来。晚饭我们吃得非常尽兴，气氛也很好。饭后，我们还吃了一些甜点。等一切都弄完后，我主动向她提出了求婚的想法。

“不过，她的态度让我有些意外，既没有当即答应我，也没有立即回绝我。之后，她向我表达了爱意，不过，她随后补充道，两个人要在一起，必须坦诚相待，否则就会影响到今后生活的幸福。她其实只有一个顾虑，就是不清楚我的工作状况，用她的原话说，就是‘我怎么能放心地将自己嫁给一个连做什么工作都还不知道的人呢’”马丁用手摸了摸下巴，“警官，看来那句老话说得并没有错，漂亮的女人都是祸水，所以，没什么事，别去勾搭女人，那样会惹祸上身。”说完之后，马丁便陷入了沉默。

这番话勾起了华生警长的好奇，他连忙追问：“惹祸上身？发生什么事情了？”

“接下来发生的事情，就是我来这里的真正原因了。现在，我突然觉得，我就是一个彻头彻尾的大傻瓜。她只不过是用一种严厉的眼神瞪了我一下，然后我就将所有的事情都告诉她了。我告诉她，我在金斯先生手下工作，平时主要收保护费。我可以说，我做到了对她足够坦诚相待了，连那百分之十的截留款都告诉了她。为了表示我的诚心，我告诉她，我决定不再做这一行，想带着钱，去南方经营一个加油站，从今往后跟她过安安分分的日子。

“我真是太天真了，居然认为，她能够理解我的苦衷，能够体会我的心意。我的话音刚落，她就坐在家里哭。她说我让她感到不安，她现在不知所措，对于我的表现，她非常失望，而且在考虑，到底要不要继续跟我在一起。我跟她一样，她一连串的问题抛出来，我也不知道该怎么办。哭了一段时间之后，她停了下来，说要去包里拿纸巾擦脸。但让我没想到的是，她从包里掏出来的居然是一把手枪，而且拿出来之后，立即用枪口对准了我。

“华生警官，你能理解吗？看到这一幕的时候，我的心都碎了。我当时就央求她，让她在杀我之前，好歹让我知道，为什么要杀我，也不枉我对她真心爱一场。可是，她的回答将我推入了更深的绝望之中。她告诉我，她接近我是受人指使的，以考验我是否忠诚。尽管她并没有将幕后的主使人告诉我，但是我心里非常清楚，那个人一定是金斯先生。我真是蠢到家了，居然将自己主动往枪口上送。其实，我不该被她迷失了理智，现在想想看，她出现的那一刻就非常可疑，一个如此有修养的女人，还是一名教师，怎么可能出入那样一个庸俗的场所！另外，我也过分地高看了自己，居然认为她是被我的魅力吸引，所以跟我真心地约会。

“我原本以为，我的生命可能就到此为止了，多亏那时，家里的电话响了。我趁着她回头的那一瞬间，纵身一跃，向窗子外面跳了出去。她当即意识到我想逃跑，所以连忙回过身，重新将枪口对准了我。幸好我反应快，跳得早，才躲过了她的子弹。虽说我就住在一楼，但由于过度紧张，加上用力过猛，落地的时候，我不小心将脚给扭伤了。但是我也顾不得疼痛了，这个时候保命是最大的事情。我发疯一样狂奔，当时只有一个念头，跑去警察局。按现在的情况，我明天一早肯定会被职业杀手盯住，这样一来，我就必死无疑了。”马丁一边说，一边用手揉了揉他那受伤的脚踝，看样子，现在伤痛又开始发作了，“我真没想到，我为他卖命那么多年，为他做过那么多事情，到头来他居然派人接近我，怀疑我，而且还打算让女人来除掉我。所以，华生警官，这里是我唯一的避难所了，请你一定要救我。”

“嗯，马丁，听你这么一说，事情确实有些麻烦呢。我相信你，因为如果你在这种事情上撒谎的话，对你没有任何好处，会弄得你里外不是人。的确，你的选择非常正确，不管你的目的是什么，这个时候选择和我们合作，总归是没错的。”

华生警长从椅子上站起身来，又伸了一个懒腰，然后径直走到门口，喊了一声：“汤姆，赶紧过来一下。”

不一会儿，另一个警员便赶了过来。

“这个人叫马丁，你现在把他押下去，事由就是扰乱社会治安，然后让一个速记员去跟他录口供。对了，最好拿个新本子，他应该有很多情况要跟我们交代。你们要仔细记录下来，不要遗漏。”

华生警长说完之后，马丁便被带走了。看着马丁一瘸一拐远去的背影，华生不禁笑了起来。现在，有了马丁的帮助，他就能够轻而易举地将金斯抓捕归案了。不得不说，最近的运气还是不错的。

华生警长稍稍收拾了一下，准备去审讯室旁听马丁招供的情况。但在那之前，他打了一通电话。很快，电话便接通了，接电话的是个女人。

“艾琳，你真是太棒了，我们的计划进行得非常顺利。现在，马丁已经到警局交代事情的经过了，他会跟我们透露很多有关金斯的情况，这一次，我们一定能够拿下金斯。不过，你真是够让我惊讶的，真没想到，你的演技这么棒，马丁直到现在都还没发觉呢。你没拿奥斯卡奖真是太可惜了。”

“唔……真的吗？他去警察局自首了？感谢上帝，我觉得自己都快要人格分裂了，那个下流胚子，我真的忍不了了。还好我唬住了他，因为那把手枪里根本就没有子弹，否则今天晚上在马路上狂奔的人就是我了。”

之后他们还聊了些别的事情，但在挂断电话之前，她说了一句话：“对了，亲爱的，马丁今天吃饭的时候给我送了一枚戒指。虽说那个家伙没别的什么优点，但挑东西的眼光还是很不错的，这枚戒指相当棒啊！所以，我们结婚的时候，你买的戒指，一定不能比他的差啊！”

“亲爱的，你就放心吧！”

第八名死者

虽然现在的车速已经超过 80 迈了，但由于行驶在一条笔直的公路上，加上路况相当好，让人根本感觉不到是在飞速行驶。

副驾驶上坐着一个红头发的孩子，一双眼睛非常明亮，眼神显得狂野而狡黠。他比一般人要矮一点，而且身形偏瘦，长着一张娃娃脸，看起来最多十七八岁，不过，实际年龄应该在视觉年龄上再加个四到五岁。

此时，他正在专注地听着车载收音机里播报的新闻。过了一会儿，新闻时间结束了，他将声音关小了一些。

“现在，据说他们已经找到了 7 名受害者。”他用手擦了擦嘴角。

“嗯，我刚刚也听到了。”此时，我一只手操控着方向盘，另一只手在颈背上揉了揉。已经开了很长一段路了，而且一直保持着这个速度，这让我感到有些疲惫，此外，也有一些紧张。

他朝我看了看，然后面带微笑地问：“你为什么紧张？”

我随即白了他一眼，说：“紧张？我有什么好紧张的。”

他一直微笑着，保持着那狡黠的表情：“刚刚新闻里可说了，以爱蒙顿为中心，城市周围 50 公里的道路上，警方都设了路卡。”

“我知道。”

“不过，他的确很聪明。”说完，他不禁笑了起来。

他的腿上正放着一个布袋子，我瞟了一眼袋子的拉链，问：“你要去很远的地方吗？”

“我现在也不知道要去哪。”说完，他耸了耸肩，然后用手在裤子上揩了一下，“对了，你有没有想过，他为什么要那么做？”

“没有。”我随口回了一句，然后专心地关注前方的路况。

“或许，他是被逼得走投无路了。可以说，他活到现在，分分秒秒都过着被人逼迫的日子，不是逼着他干这个，就是逼着他干那个。要是真被逼急了，说不定就爆发了。”此时，他停了停，目视前方，然后接着说，“就像这次一样，每个人的承受力都是有限的，当他承受不了的时候，就必须有个倒霉蛋来充当出气筒的角色。”

此时，我松了松脚下的油门。

他转过头，不解地看着我：“怎么减速了？”

“前面有个加油站，车快没油了。刚刚跑了 40 多公里，沿途一个加油站都没有，现在不加油，说不定等会儿又得跑这么远才有。”说完，我便打了一下方向盘，从匝道进入了加油站，然后在第三个加油机旁边停了下来。这时，一个老年人走到了我的汽车旁边。

那个孩子打量着加油站，整栋建筑并不大，看起来非常破旧，窗户上落满了灰尘。路旁是一片宽阔的麦田，看来这里已经是彻彻底底的乡下了。不过，这里通了电话，因为我看到了，在建筑的里面。

老头将车头的盖子掀开，仔细地检查着油箱的状况。

那个孩子的脚不停地在摇着，然后不耐烦地说：“那个老头磨磨蹭蹭的，真烦人，我最不喜欢的就是做这种浪费时间的事情。你说，都这么大一把年纪了，还活在这个世界上干什么，趁早死了得了，对谁都好。”

我抽出一根烟，点燃之后说：“我可不这么想。”

那个孩子转过头，朝我看了看，然后咧开嘴笑着说：“我发现那个破屋子里居然有电话，你要不要下车去打一通啊？”

“不要。”我平静地吐着烟。

油加好了，老人将零钱找给了我。孩子对着那个老人问：“先生，请问你这里有收音机吗？”

老人摇了摇头说：“我喜欢过清净的日子，所以我这里没有那个东西。”

“先生，我想你是对的，果然啊，安静能让人长寿。”孩子朝老人咧嘴笑了笑。

很快，我把车驶离了加油站，并且将车速又提到了 80 迈。

坐在副驾驶上的孩子陷入了一阵沉默，过了一会儿才问：“一共杀了 7 个人，做这种事情还是要点胆量的。对了，你用过枪吗？”

“那种东西，每个人应该都用过吧，至少我这么认为。”

“那你用枪瞄准过人吗？”他咧开嘴，微微地露出了牙齿，嘴唇稍稍抽动了一下。

我没有回答，只是斜看了他一眼。

他的两只眼睛此时格外有神：“被人敬畏的感觉其实很不错。如果你的手里有枪，那么你的心里就会产生一种优越感。”

“嗯，枪这种东西，还能弥补一些缺陷，比如你的身高。”我淡淡地回答。

听我这样说，他的脸开始有些泛红。

“有枪的话，你就能变得高大起来。”我说。

“杀人是一件很需要勇气的事情，不过，大部分人似乎都不清楚这一点。”他回答。

“这些遇害者里面，有一个只有5岁，他还只是个小孩。你觉得这也需要胆量吗？”我问道。

“那是个例外。”

“不，人们可不会这么认为。”

“那么，他为什么要杀一个孩子呢？”他对此感到非常疑惑。

我耸了耸肩：“这我就不知道了。一个人杀的人越多，他就会对这种事渐渐麻木起来。等到一定程度的时候，不管是杀什么人，男女老少，在他看来根本没有任何区别。”

“其实，到后面与其说是一种胆量，倒不如说他养成了一种喜欢杀人的习惯。”他沉默了很久，有好几分钟，然后说，“不过我相信，没人能抓住他。”

我转过头，盯着他看了几秒钟，然后不解地问：“你为什么会这么说呢？现在全国上下都在围堵他，而且大家都知道他的样子。”

那个孩子将单薄的肩膀挺了挺，说：“说不定，他根本没把这种事放在心上。他只是完成了他该做的事而已，而且也因为这件事，他现在的名声很响。”

我没有作声，我们俩就以这样沉默的状态行驶了一段距离。

他将屁股从座位上抬了抬，估计坐得不太舒服：“对了，你有没有在收音机里听过任何有关于他相貌的描述呢？”

“当然有，我从上个星期开始，一直都在关注这方面的新闻。”我回答。

“我刚刚搭你顺风车的时候，你就没有怀疑吗？我的相貌，基本上跟收音机里的描述相吻合呢。”那个男孩有些好奇地看着我，视线一直没有从我身上移开。

“嗯，是挺像的。”

笔直的道路一直伸向远方，道路两旁依旧是一望无垠的平原，不但没有人烟，连树都很少看见。

“我看起来跟凶手差不多，这样一来，每个人见到我的时候，都会有些害怕，我很喜欢现在这种感觉。”说完，他又笑了起来。

“你笑够了没？”我冷冷地对他说。

“你不觉得很刺激吗？这两天我都出没在这条路上，警察都抓了我三次了。我估计我都快跟那个凶手一样有名了。”

“嗯，不过我觉得你可以更加有名。我之前就觉得，只要走这条路，就一定能碰到你。”说完，我把车速降了下来，然后扭过头问，“对了，你觉得，我长得像收音机里说的那个人吗？”

那个孩子仔细看了看我，然后“扑哧”一声笑了：“简直太不像了，最起码连头发的颜色都不对。他的头发是红的，是我这种颜色，但你的头发是褐色的。”说完，他不禁笑了起来。

我看着他，微微一笑：“这样啊。可是，染个头发很难吗？”

他突然愣了一下，然后瞬间明白了什么，眼神显得无比恐惧。

警方正在全力追捕那名凶手，就在这时，第八名受害者出现了。

有道德的人

我的公寓里此时正坐着两个人，一个瘦骨嶙峋的高个子，他身穿一件粗呢大衣，正坐在一张皮面的转椅上，一条腿高高地抬着，搭在侧边的扶手上。矮个子看起来非常结实，正面无表情地靠在窗户边的墙壁上。

他们正在等我。但我感到非常好奇，我既不认识他们，也不知道是谁派他们过来的，更不知道他们为什么而来。

我将门关起来，看着眼前的这两个人，问："你们是怎么进来的？"

"门并没有上锁。"说完，高个子耸了耸肩。

"所以你们就直接进来了？"我随手将外套扔到沙发上，走到屋里的酒吧前，给自己调了一杯酒。

高个子起身走到我身后，说："我们胖老大要见你。"

"我先洗个澡，其他的等会儿再说。"我回答说。

高个子看起来有些不耐烦，严肃地说："赶紧的，现在就走！"

我把头扭了过去，用一种不在乎的眼神看着他，说："我要是现在不想去呢？"

他朝我耸了耸肩。

我看着他，嘴角微微地弯了一下，说："行啦，我知道，你们都带了枪。"

我说完之后，他们果然把枪从外套里摸了出来。我一口喝完了酒，对他们说："走吧。"

胖老大的游乐场在城市的北面，从我住的公寓到那儿大约需要30分钟的车程。下车之后，我走大楼背面的楼梯来到了他的办公室。他真的很胖，体重有350磅，此时的他穿着一身浅黄色的丝质西服，西服里面是一件浅蓝色的衬衫，并且戴着一条漂亮的领带。

眼前的这个胖老大名叫巴尔克，他生性好赌，而且是个鸡头，但有着这重背景的他对猫情有独钟。据说，他的家里饲养了20多只纯种猫，其中的一只现在就蹲在书桌的角落。这只猫跟他很像，也是又肥又胖的那种，正在慵懒地舔着胡子。

看到我进来之后，胖老大示意我坐下，然后开口说话了：“夏洛克，你应该清楚，我为什么叫你过来，我也不想跟你说太多废话。”

“嗯，我知道。”

“那就好，告诉我，那个妞儿现在在哪里？”

“妞儿？哪个啊？”

胖老大看着我，继续说：“就是叫茱莉亚的那个。”

“我昨天晚上不是告诉你了吗？”

“你给我再说一遍。”

“你的记忆力看来不太好，”我说，“要是记不住，你就应该用笔写下来。”

“少跟我耍嘴皮子，快点说，她在哪儿！”

我长长地叹了口气，慢吞吞地说：“她现在在加州边界一个叫笛福的小镇，住在一个叫白金汉的旅馆，9号房间。”

听完我说的之后，胖老大摇了摇头，说：“你再好好想想，想清楚了再说。”

“你到底想要我说什么？”我皱起眉头看着他。

此时，胖老大的表情看起来很凶，他厉声地说：“你昨天给我打完电话之后，我就派阿尔和伍德开着私人飞机去了你说的那个笛福镇，不过，那个女的根本就不在那儿，或者可以说，她根本就没有去过那儿！”

“我不想和你争这种没有意义的事情，我说过她确实在那儿，因为我亲眼看到的，我还看见她在那家旅馆的餐厅吃过午饭。后来，她还去了街边转角的那家药房，整个过程我都一直盯着的。”

“你骗谁呢？”胖老大眯了眯眼，用一种疑惑的眼神看着我。

“我根本就没想过要骗谁，她在昨天下午4点的时候确实在那里，那个房间号码，还是总台服务员告诉我的。”

“伍德拿着那个女人的照片给总台的服务员看过了，那个服务员对照片上的人完全没有印象！”

“那就说明，他在撒谎！”

胖老大看着我，问：“他为什么要撒谎呢？”

“那可不一定，说不定他已经被买通了呢。”我耸了耸肩，不以为意地说。

“好吧，那你告诉我，从昨天到现在，你待在哪儿？”

“如果有必要，我可以列一张详细的时间表给你过目。”

胖老大恶狠狠地看着我，非常严厉地说：“少说废话，直接告诉我，你在哪里？”

“如果从这里开车到笛福，大概需要6个小时，我开累了，然后就在一家汽车旅馆休息。”

“那家旅馆叫什么名字？”

“玫瑰旅馆，就在牛津镇的外面。”

“你最好说实话，因为我可以随时去查。”

我看着眼前这个胖子，不屑地说：“请随便。”

“那么，请你告诉我，你给我打完电话之后，为什么不在笛福老老实实地等着？”

“你没跟我说。”

胖老大显得很生气，“这还要我说吗？这根本就不是理由！”

我随即问：“我为什么要等呢？你只是让我找到她而已。何况我已经找到了，我的任务自然就完成了啊。”

“那个女人根本就不在那儿，你是想拿我寻开心吗？”

“我刚刚就说过了，她昨天在那儿。”

胖老大探过头，眯了眯那双原本就不大的眼睛，对我说：“夏洛克，你知道我现在在想什么吗？我觉得你在对我撒谎。”

“撒谎？骗你？我有这个必要吗？”

“当然，说不定那个妞儿买通了你，或者她打算将一部分财产分给你，不过前提就是，让你帮她撒谎。”

“嗯，是啊，她分了一半的财产给我，你要不要看看，这些钱现在就在我衣服的夹层里。”

“少跟我油腔滑调的，你是皮痒痒了吗，是打算让我的伍德来给你挠一挠吗？”

我打量了一下这个叫伍德的人，就是在我公寓里的那个矮个子，他的手臂有普通人的腰那么粗。我转过头，看着胖老大，认真地说：“不要，我不喜欢你这种待客之道。”

“很好，那就请你老老实实回答我的问题。要知道，我可没有那么多耐心跟你在这胡说八道。我的目的很简单，就是找回那个妞儿，她拿走了我的 50000 元钱。顺便警告你一下，如果你是一个爱惜身体的人，就老老实实地说话！”

“我从头到尾说的都是实话啊。你想想看，如果我真的被她买通了，我为什么不编一个更加靠谱的故事来骗你？我完全可以说，她已经逃到墨西哥或者加拿大去了，这样一来，你连找都没法找。”

他仔细地思考了一下我所说的内容，这种带弯度的问题对他的脑袋来说有些难以消化，好在他最终明白了我的意思。

他重新冷静下来，说：“夏洛克，我觉得你说的话非常有道理。而且，你在当地的口碑很不错，我愿意相信你刚刚所说的一切。现在我想问问你，你能不能把那个妞儿再给我找出来？”

“没有问题。”我回答。

“太好了，那么请别浪费时间了，现在就出发！”

“可以，”随后我掰了掰自己的手指，说，“谈好剩下的这件小事之后，我立刻出发。”

“你想谈什么事情？”

“这次行动的费用问题。”

“我不是已经给你付过 1500 元了吗？难道你忘了吗？”胖老大又回到了生气的状态。

“没错，不过那是第一次的费用。第一次的时候，我就找到了她，完成了你交给我的任务，我们当时的合约也就自动解除了。你现在提出了新的服务需求，那么就请你将新产生的服务费付清。”

他再次眯起眼睛，打量着我，说：“夏洛克先生，你这是想要敲诈吗？”

我随即回答："你这么一说就让我有些意外了。我们原本就属于生意上的合作伙伴，现在你相当于是重新雇用了我一次，那么我们自然而然要按照生意场上的规矩来办事了。毕竟，我也要赚钱过日子啊。"

他皱了皱眉头，然后咬了一口香肠，咽了下去，说："夏洛克，那我就再给你1500元，不过你给我听好了，你这次必须给我找到她，并且不要让她又跑了！听明白了吗？"

"明白。"

随后，他挥了挥那只粗大的手。我领会了他的意思，站起身来准备离开。蹲在桌子脚的那只胖猫以一种非常凶狠的目光瞪着我，并且朝我叫了一声。

胖老大看了看那只猫，对门口站着的伍德说："伍德，咪咪可能饿了，去给它弄点牛奶吧。"

"是，老板。"伍德回答。

我感到有些意外，这个人居然开口说话了，我一直以为他是个哑巴呢。

他向冰箱走了过去，然后从里面拿了一瓶牛奶出来，往盘子里倒了一点，随后把盘子端到了桌子上。咪咪在桌子角上伸了个懒腰，闻了闻盘子里的东西，然后满足地舔了起来。

伍德一边轻轻地拍着咪咪的头，一边说："乖咪咪。"

坐在一旁的胖老大也在喊着："乖咪咪。"然后示意伍德轻轻地拍一拍咪咪的屁股。

我随后向门口走了过去。那个叫阿尔的瘦子看了我一眼，然后翻了翻眼睛。我看着他，向他微笑地点了点头。

等走到街边的时候，我拦下了一辆出租车，返回了我的公寓。

随后，我冲了个澡，换了一身衣服，开着汽车，朝北边驶去。

当晚的9点，我抵达了笛福，这里其实是一个小渔村。我直接来到了白金汉旅馆，一个瘦小的男子坐在总服务台，我并不认识他，于是问道："平时负责日班的查尔斯在哪里？"

服务员回答："有可能在旅馆的酒吧。"

我来到了旅馆的酒吧，果然，他正在这儿喝酒。我走了过去，坐在他的身边，并且也点了一杯酒，跟他打了个招呼："查尔斯，你好！"

他眯起小眼睛，朝我看了看，说："原来是你，你好！"说完，朝我咧嘴笑了笑，然后得意地说："对了，昨晚来了两个男人，他们是来找那个女孩的。我当时就把你教我的那些话告诉了他们，怎么样，我做得还可以吧？"

"嗯，你做得很好，"然后，我打开皮夹，从里面拿了20元放在吧台上，说："她应该已经结账离开这儿了吧？"

"没错，你走之后，大约过了半个小时，她也走了。"他用手指尖碰了碰钞票上的人头。

"那么，你大概知道她去哪里了吗？"

"我当时问了，不过她并没有回答我。但是，出租车是我帮她叫的。"

"能够查到出租车的去向吗？"

"这个我已经了解过，我认识那个司机。"

"太好了，她去了哪里？"

"司机说，他把那个女的送到了普士顿。"

"普士顿在哪？"

"离这儿大概10公里吧，在这个小镇的东南边。"

“知道她在普士顿的什么地方吗？”

“这就不太清楚了，她下车的地方是火车站。你知道的，我们这里要坐火车的话，必须去那儿。”

“好，查尔斯，谢谢你，这 20 元给你了。”

他接过钱，小心翼翼地折好，放到衬衣的口袋里，对我说：“你知道，我这个人不太喜欢管闲事，不过我很想知道，这个妞儿身上到底发生了什么事情？”

“这你就别问了。”我说。

“为什么？”

“因为这你和无关。”说完，我便转身出去了。尽管当时已经很晚了，不过我还是打算连夜赶往普士顿的火车站。她昨天大概六七点到的，而且火车站的值班员分日夜两班，我这个时候过去，很有可能还是昨天的那个售票员。不过，通往普士顿的这条路，真的要好好修一修了。

几经颠簸之后，我终于来到了这个火车站，整个车站就只有一栋小木屋，孤零零地立在荒郊野外。我把车停在了火车站的外面，然后走了进去。

售票员是个蓄有长发的年轻小伙子，大概 20 来岁，看起来很傲慢。我向他走了过去。

“先生，买票吗？”

“不，昨天晚上六七点的时候，是不是你值班？”

他看着我，抿了抿嘴，说：“你要干吗？”

我随即从口袋里拿出茱莉亚的照片，摆在了他的面前，问：“昨天晚上六七点钟左右，你有没有卖过票给她？”

他看照片的眼神让我确信，他一定见过茱莉亚，不过，他狡猾地舔了舔嘴唇，非常傲慢地对我说：“我不认识她。”

我当时以为，他可能是想诈我一点开口费，所以我也非常傲慢地问他：“你真的不认识？”

“先生，我确定，我不认识她。”

“小子，好好为你自己考虑考虑，最好不要跟我耍滑头。”

他看了看我，说：“你想干什么？”

“我们老大最讨厌向他撒谎的人了，这样一来，他就会变得很生气，当他生气的时候嘛……”我故意把话说半截，然后一双眼睛死死地盯着他。

瞬间，他的傲慢就收回去很多，并且试探性地问道：“你的老大？”

“没错，上一次彼得撒谎，结果被老大发现了……”我看着他，然后将彼得最后的悲惨下场告诉了他。当然，根本没有的事儿，吓唬吓唬他而已。

“等等，请听我说……”我看到，他当时脸都吓绿了，傲慢的语气立即变得温和起来，道，“也许，你在和我开玩笑？”

我探过身子，故意把外套抖了抖，将身上带着的手枪露了出来，说：“我已经跟你说了，信不信是你的事情。”

这一下，他的脸彻底绿了，连忙说：“嘿……其实……我……”

我对他耸了耸肩，说：“我没有别的意思，只是希望，你能够老老实实地回答我的问题。”

“哦，我刚刚想起来，我好像昨天是见过她，她是从一辆出租车上面下来的，个子比较高，而且是金色的头发。”说完，他似乎在想着什么，随后说，“没错，我确定。”

“非常好，那么请你告诉我，她买了去哪里的火车票？”

“嗯，我想想啊……嗯，是去波士顿的，晚上8点的对号车。”

“她有没有带行李？”

“有一个行李箱，还有一个旅行袋，好像是褐色的。”

“最近一趟去波士顿的火车是什么时候的？”

“半夜有一趟。”

“给我拿一张往返票。”

“好的。”说完，他立即打票去了。此时，他的态度有了明显的转变。很快，他就将车票递给了我。我接过票，然后拍了拍他的头，转身向门口走去。

“嘿，先生……”那个售票员朝我喊着，我回过头，他站在那儿，说，“别跟那个老大说，好吗？我的意思是，我……我并有骗他，只是……只是刚才一下想不起来了。”

我朝他笑了笑，说：“放心，我会替你保密的。”

“谢谢！谢谢你，先生！”说完，他咽了咽口水。

随后，我在车站附近的一家餐厅里解决了晚餐，然后给胖老大打了个电话，将事情的进展给他做了个汇报。

“波士顿？你说的是那个大城市吗？”胖老大有些怀疑地说，“夏洛克，那么大个城市，你确定你能在那儿找到她？”

“办法倒是有，只不过可能要多花几天时间。你可以放心，我一定会找到她。”

“行吧，不过你给我记住，千万别骗我！”

“胖老大，你居然不相信我了？”

“那可是50000元！说真的，我真没什么信心。”

“不用担心，向咪咪问好。”说完，我挂断了电话。

我搭乘半夜的火车来到波士顿，随后找了一家旅馆住下来。等我一觉醒来的时候，已经是第二天上午 11 点了。我给当地的一名联络人打了电话，将我现在做的事情告诉他。我曾在一年前帮过他的忙，所以他现在也愿意帮助我。很快，他就来到了我住的那家旅馆。我拿出茱莉亚的照片，他看了看，记了下来。我随后又拿给他 100 元，当作这次行动的酬劳。

4 天之后，他有了茱莉亚的消息。我当时正在旅馆看报纸，突然电话响了，他在电话里将茱莉亚的地址告诉了我，并告诉我怎么去那儿。我拿了支笔，将地址记下来：光明路，伊比公寓，6 号。我在电话里向他表示感谢，并承诺在一个星期之内将支票寄给他。

很快，我找到了她住的地方。我敲了敲门，但是没有人回答。我研究了一下门锁，用不到半分钟的时间就将门打开了。我推开门，屋内非常简洁，基本上没有什么摆设。我打开了壁橱，里面放着一只箱子。根据火车站那个人的描述，我判定，这只箱子就是茱莉亚的。不过，我并没有找到那个棕色的旅行袋。由此可以看出，她对于这笔钱的保管非常谨慎。

我坐在客厅的一张椅子上，点着了一根烟，静静地等她回来。

大约过了 20 分钟，我听见了用钥匙开门的声音。我随即向门边靠近。她一手推开了门，另一只手里拎着的正是那只棕色的旅行袋。她根本没有想到，屋里居然站着一个人。她惊恐地看着我，打算转身跑走。

不过，我已经将门死死地堵住了，一把将她的手腕抓住，用力地将她拉了回来。我让她老老实实地坐在床上，并打开了她随身携带的旅行袋，望着她说："茱莉亚小姐，你好。"

此时，她显得有些惊恐，一头金发看起来乱蓬蓬的。她看着我，说："我认识你，你就是在笛福镇跟踪我的那个人。"

我微微一笑，说："嗯，就是我。"

"你想要干什么？"

"我觉得，你心里非常清楚。"

"胖老大？"

我点了点头，说："是的，就是胖老大派我来的。"

她叹了口气，说："看来，我真的不应该动他的钱。其实，我当时只是在帮他整理文件，无意中翻到了一本小册子，那上面记着保险柜的密码。"

我摇了摇头，无奈地说："看来胖老大真的太粗心了。"

"所以，在一天晚上，我发现他走远之后，就悄悄地打开了保险箱。我当时就惊呆了，里面放着很多钞票。我当时非常激动，拿了一个牛皮纸信封装了一些钱，然后就从游乐场疯狂地逃到了汽车站。我从来没有想过，自己居然会被抓住。"

"你为什么要逃到笛福那样的小渔村？"

"我觉得，胖老大可能只会在城里找，那种乡下的小地方他不会去。"

我看着她，然后微笑着说："其实你留下了很多线索，我只用了两天时间，就轻易地找到了你。"

"也许我不擅长做这个。"说完，她打量了一下我，问，"你是私家侦探吗？"

"你猜的？"

"不知道，反正看起来像，而且，如果是胖老大的手下，我一定都认识。"随后，她的嘴角也微微上翘，微笑地对我说，"你其实也留下了很多线索，你的动作非常明显，难道你没有注意到吗？”

“我？”

“当然，我在笛福就已经注意到你了，而且我发现，不论是我在吃午饭还是在药店里买药，你都在跟踪我。而且，给我的感觉，你是故意让我注意到你的。”

“故意？我为什么要这么做呢？”

“那我就不知道了。”茱莉亚摇摇头说，“你自己知道原因吗？”

“我也不知道。”

茱莉亚看着我，问：“其实我很好奇，你当时为什么不再靠近我一些呢？”

我笑着回答：“哦，这属于生意上的问题了。”

她并不明白我所说的，然后有些无奈地说：“无所谓，反正你又找到我了。”

“是的。”

“那你现在有什么打算？把我交给胖老大吗？”

“我为什么要这么做呢？胖老大只是想拿回他自己的钱罢了。”

茱莉亚以一副难以置信的表情看着我，说：“你在骗我吧！我在他那儿工作了很长时间，我很清楚他的做事风格，他一定会杀了我的。”

我摇了摇头，说：“你太能幻想了。”

“你真的不会把我交给胖老大？”

“那当然。”

“我没听错吧？你要放我走？”

“当然，”我点了点头，说：“不过，我需要提醒你的是，千万别回之前的那个城市了。”

“我不懂，你……”

“好了，茱莉亚小姐，何必问那么多呢？”

“行吧，不过，我还是不明白……”

我故意咳嗽了一下，然后问：“你从哪里来的？我指的是你的老家。”

“哦，佛罗里达。”

“那里现在还有你的亲人吗？”

“嗯……有。”

“我给你的建议是，回你的老家去，然后随便找个公司的办公室秘书做，并且不要再轻易地碰老板的东西，知道了吗？”

“好。”

随后，我拉开旅行袋，看了看里面装的钱，问：“钱都在里面吗？”

她点了点头，然后说：“只不过……少了 200 元，因为我用掉了……”

我打开袋子，从里面拿了 300 元钱出来，随后放到了她的床上，说：“这些钱，足够你从这儿坐飞机回老家了。”

看着这些钱，她显得非常惊讶，然后一脸迷惘地看着我。

我没再搭理她，把手提袋的拉链拉了起来，并将袋子夹在了腋下。我走到门边的时候，又回过头对她说：“代我向你的家人问好。”

此时，她张着嘴，坐在那儿一动不动地看着我。

我以最快的速度走到路边，拦下了一辆出租车，直奔火车站，为的是能赶上 5 点钟的那班火车返回普士顿。下车之后，我将寄存的汽车领了回来，然后随便解决了一下晚餐，以最快的速度赶到了胖老大的游乐场。

此时，他正坐在办公室里，不过他今天改穿了一身淡紫色的西装。阿尔和往常一样，一脸不耐烦地站在一旁。不过，伍德和咪咪不在。

我走进办公室，随手将旅行袋扔在了他的办公桌上。

他看起来很惊讶，连忙问："这是什么？"

"你丢失的钱啊！"

他摸了摸鼻子，愣了一会儿，似乎顿悟了一般，说："50000 元？"

"不全是吧，里面好像只有 40000 元。"

"那剩下的 10000 呢？"

"被那个妞儿拿走了。"

"她又到哪里去了？"

"据我掌握的消息，她已经跑去欧洲了。"

"欧洲！"听到这里，原本平静的胖老大瞬间火冒三丈，"夏洛克，你赶紧给我把事情说清楚！"

"我通过波士顿的朋友很快就找到了茱莉亚，并且顺利地找到了她的住处。我只想实地探察一下，她是不是真的住在那儿。"

"然后呢？"

"不过，很可惜，等我到的时候，发现她早已经走了。我想，她应该意识到我们在追踪她，所以落下了很多零零碎碎的东西在住处。不过，我在她的房间里意外地找到了一把钥匙，经过确认，那把钥匙是汽车站储物间里的。等我来到汽车站，用钥匙打开了储物间的门，之后我就发现了这个袋子。不过，我当时数了数，里面只有 40000 元。也就是说，剩下的 10000 元应该在她身上。"

“那么，人在哪里？”

“这正是我接下来要说的。我找到了当地的朋友，让他调查了一下，结果他告诉我，她在那天下午就乘坐一趟由波士顿直飞伦敦的国际航班，离开了这儿。”

“伦敦？英国的那个伦敦？”

“没错。”

此时，他气得从椅子上跳了起来，然后用力将拳头砸在办公桌上，朝我吼道：“夏洛克，你真该死！要知道，她带走了我10000 元！”

我并不感到意外，非常冷静地对他说：“当然，我也可以再搭乘这班飞机去伦敦接着找，但这回我可不敢向你保证，我一定能找到她，毕竟欧洲的范围太大了。”

胖老大眯着眼睛盯着我，然后一边点着头一边对我说：“是啊，夏洛克，这样一来，我就得再雇用你一次，然后又得付一笔钱给你。不过，只要我给钱，你就会坐飞机去那儿继续找，对不对？”

“也不全是，她已经第二次躲过我了。如果我这次去欧洲，我一定是自费去的。这也不仅仅是为了让你感到高兴，更重要的是，我得挽回我的名声。”

我这么说，似乎完全出乎他的意料，于是他以一种不理解的语气问我：“你真的打算那样做？”

我点头回答：“当然，这是我应该做到的。”

此时，他的脸上显露出一副赞许的表情，对我说：“夏洛克，你这人真的有点死心眼儿。不过，最开始的时候我小看了你，我一直以为，你是一个非常狡猾的人。”

听完之后，我装出一副愤怒的表情。

胖老大看了看我，咬了咬嘴唇，然后沉思了一会儿，对我说：“其实，夏洛克，你做得很棒了，你已经为我追回了 40000 元。其实，你大可以骗我，告诉我那个妞卷走了所有的钱，然后你将这 50000 元都霸占下来。”

“胖老大，你的话真是太伤人了。”我装作很委屈的样子。不过，我内心其实早就盘算过了。我知道，我就是吞下那剩余的 49500 元也没有关系。不过，太过贪婪的人一般都没有好下场，而且我这个人并不贪婪。对我来说，49500 元就是一笔巨款，我甚至都不知道该怎么去花这笔钱。我唯一想到的就是去欧洲度个假。

我清点了一下这几天的账，胖老大给了我 3000 元，然后我扣下了 9500 元，等于说，我一共拿走了 12500 元。有这么一笔巨款，足够让我在国外好好玩一圈了。这个季节应该比较适合去法国南部，那里有个叫里维耶拉的地方，据说非常漂亮。

此时，我意识到胖老大正在对我说话：“夏洛克，我其实非常欣赏你。等你回来之后，我们也许还能再做几笔交易。我觉得，像你这种人，咱们可以多合作几次。”

“我也正是这么想的。”我努力让自己看起来显得非常正直。

“相比大多数私家侦探来说，你真的非常不错，他们简直就是一帮无赖，你知道，你和那帮无赖最大的区别在哪儿吗？”

“我不知道。”

胖老大看着我，非常认真地说：“道德。要知道，现在的人里面，要找到一个有道德的人，简直太难了。”

我忍不住地笑了，问道：“哦，真的吗？”